考試分數大躍進
累積實力
百萬考生見證
應考秘訣

根據日本國際交流基金考試相關概要

5
N

合格班
日檢閱讀
逐步解說 & 攻略問題集

〔全真模擬試題〕完全對應新制

5

山田社日檢題庫組

吉松由美・田中陽子・西村惠子 ◎ 合著

山田社
Shan Tian She

前言

preface

★ N5 最終秘密武器，一舉攻下閱讀測驗！

★ 金牌教師群秘傳重點式攻略，幫助您制霸考場！

★ 選擇最聰明的戰略，快速完勝取證！

★ 考題、日中題解攻略、單字文法一本完備，祕技零藏私！

★ 教您如何 100% 掌握考試技巧，突破自我極限！

「還剩下五分鐘。」在考場聽到這句話時，才發現自己來不及做完，只能猜題？
沮喪的離開考場，為半年後的戰役做準備？
不要再浪費時間！靠攻略聰明取勝吧！

讓我們為您披上戰袍，教您如何快速攻下日檢閱讀！
讓這本書成為您的秘密武器，一舉攻下日檢證照！

● 100% 充足 ｜ 題型完全掌握

本書考題共有三大重點：完全符合新制日檢的出題形式、完全符合新制日檢的場景設計、完全符合新制日檢的出題範圍。本書依照新日檢官方出題模式，完整收錄六回閱讀模擬試題，幫助您正確掌握考試題型，100% 充足您正需要的練習，短時間內有效提升實力！

● 100% 準確 ｜ 命中精準度高

為了掌握最新出題趨勢，《合格班 日檢閱讀 N5—逐步解說＆攻略問題集》特別邀請多位金牌日籍教師，在日本長年持續追蹤新日檢出題內容，分析並比對近 10 年新、舊制的日檢 N5 閱讀出題頻率最高的題型、場景等，盡心盡力為 N5 閱讀量身定做攻略秘笈，100% 準確命中考題，直搗閱讀核心！

● 100% 擬真 ｜ 臨場感最逼真

本書出題形式、場景設計、出題範圍，完全模擬新日檢官方試題，讓您提早體驗考試臨場感。有本書做為您的秘密武器，金牌教師群做為您的左右護法，完善的練習讓您不用再害怕閱讀怪獸，不用再被時間壓迫，輕鬆作答、輕鬆交卷、輕鬆取證。100% 擬真體驗考場，幫助您旗開得勝！

● 100% 有效 ｜ 日、中解題完全攻略

本書六回模擬考題皆附金牌教師的日文、中文詳細題解，藉由閱讀日文、中文兩種題解，可一舉數得，增加您的理解力及翻譯力，並了解如何攻略閱讀重點，抓出每題的「重要關鍵」。只要學會利用「關鍵字」的解題術，就能對症下藥，快速解題。100% 有效的重點式攻擊，立馬 K.O 閱讀怪獸！

● 100% 滿意│單字文法全面教授

閱讀測驗中出現的單字和文法往往都是解讀的關鍵，因此本書細心的補充 N5 單字和文法，讓您方便對應與背誦。另建議搭配「精修版 新制對應 絕對合格！日檢必背單字 N5」和「精修版 新制對應 絕對合格！日檢必背文法 N5」，建構腦中的 N5 單字、文法資料庫，學習效果包準 100% 滿意！

目錄

contents

新「日本語能力測驗」概要 ……………………………4

Part 1 讀解對策 ………………………………12

Part 2 N5言語知識・讀解 模擬試題 ………………15

□ 第一回 模擬試題　16
□ 第二回 模擬試題　24
□ 第三回 模擬試題　32
□ 第四回 模擬試題　40
□ 第五回 模擬試題　48
□ 第六回 模擬試題　56

Part 3 N5言語知識・讀解 翻譯與題解 …………64

□ 第一回 翻譯與題解　64
□ 第二回 翻譯與題解　79
□ 第三回 翻譯與題解　97
□ 第四回 翻譯與題解　113
□ 第五回 翻譯與題解　128
□ 第六回 翻譯與題解　144

新「日本語能力測驗」概要

JLPT

一、什麼是新日本語能力試驗呢

1. 新制「日語能力測驗」

從2010年起實施的新制「日語能力測驗」（以下簡稱為新制測驗）。

1－1　實施對象與目的

　　　新制測驗與舊制測驗相同，原則上，實施對象為非以日語作為母語者。其目的在於，為廣泛階層的學習與使用日語者舉行測驗，以及認證其日語能力。

1－2　改制的重點

改制的重點有以下四項：

1　測驗解決各種問題所需的語言溝通能力

　　新制測驗重視的是結合日語的相關知識，以及實際活用的日語能力。因此，擬針對以下兩項舉行測驗：一是文字、語彙、文法這三項語言知識；二是活用這些語言知識解決各種溝通問題的能力。

2　由四個級數增為五個級數

　　新制測驗由舊制測驗的四個級數（1級、2級、3級、4級），增加為五個級數（N1、N2、N3、N4、N5）。新制測驗與舊制測驗的級數對照，如下所示。最大的不同是在舊制測驗的2級與3級之間，新增了N3級數。

N1	難易度比舊制測驗的1級稍難。合格基準與舊制測驗幾乎相同。
N2	難易度與舊制測驗的2級幾乎相同。
N3	難易度介於舊制測驗的2級與3級之間。（新增）
N4	難易度與舊制測驗的3級幾乎相同。
N5	難易度與舊制測驗的4級幾乎相同。

＊「N」代表「Nihongo（日語）」以及「New（新的）」。

3　施行「得分等化」

　　由於在不同時期實施的測驗，其試題均不相同，無論如何慎重出題，每次測驗的難易度總會有或多或少的差異。因此在新制測驗中，導入「等化」的計分方式後，便能將不同時期的測驗分數，於共同量尺上相互比較。因此，無論是在什麼時候接受測驗，只要是相同級數的測驗，其得分均可予以比較。目前全球幾種主要的語言測驗，均廣泛採用這種「得分等化」的計分方式。

4 提供「日本語能力試驗Can-do自我評量表」（簡稱JLPT Can-do）

為了瞭解通過各級數測驗者的實際日語能力，新制測驗經過調查後，提供「日本語能力試驗Can-do自我評量表」。該表列載通過測驗認證者的實際日語能力範例。希望通過測驗認證者本人以及其他人，皆可藉由該表格，更加具體明瞭測驗成績代表的意義。

1－3 所謂「解決各種問題所需的語言溝通能力」

我們在生活中會面對各式各樣的「問題」。例如，「看著地圖前往目的地」或是「讀著說明書使用電器用品」等等。種種問題有時需要語言的協助，有時候不需要。

為了順利完成需要語言協助的問題，我們必須具備「語言知識」，例如文字、發音、語彙的相關知識、組合語詞成為文章段落的文法知識、判斷串連文句的順序以便清楚說明的知識等等。此外，亦必須能配合當前的問題，擁有實際運用自己所具備的語言知識的能力。

舉個例子，我們來想一想關於「聽了氣象預報以後，得知東京明天的天氣」這個課題。想要「知道東京明天的天氣」，必須具備以下的知識：「晴れ（晴天）、くもり（陰天）、雨（雨天）」等代表天氣的語彙；「東京は明日は晴れでしょう（東京明日應是晴天）」的文句結構；還有，也要知道氣象預報的播報順序等。除此以外，尚須能從播報的各地氣象中，分辨出哪一則是東京的天氣。

如上所述的「運用包含文字、語彙、文法的語言知識做語言溝通，進而具備解決各種問題所需的語言溝通能力」，在新制測驗中稱為「解決各種問題所需的語言溝通能力」。

新制測驗將「解決各種問題所需的語言溝通能力」分成以下「語言知識」、「讀解」、「聽解」等三個項目做測驗。

語言知識	各種問題所需之日語的文字、語彙、文法的相關知識。
讀　解	運用語言知識以理解文字內容，具備解決各種問題所需的能力。
聽　解	運用語言知識以理解口語內容，具備解決各種問題所需的能力。

作答方式與舊制測驗相同，將多重選項的答案劃記於答案卡上。此外，並沒有直接測驗口語或書寫能力的科目。

2. 認證基準

新制測驗共分為N1、N2、N3、N4、N5五個級數。最容易的級數為N5，最困難的級數為N1。

與舊制測驗最大的不同，在於由四個級數增加為五個級數。以往有許多通過3級認證者常抱怨「遲遲無法取得2級認證」。為因應這種情況，於舊制測驗的2級與3級之間，新增了N3級數。

新制測驗級數的認證基準，如表1的「讀」與「聽」的語言動作所示。該表雖未明載，但應試者也必須具備為表現各語言動作所需的語言知識。

N4與N2主要是測驗應試者在教室習得的基礎日語的理解程度；N1與N2是測驗應試者於現實生活的廣泛情境下，對日語理解程度；至於新增的N3，則是介於N1與N2，以及N4與N5之間的「過渡」級數。關於各級數的「讀」與「聽」的具體題材（內容），請參照表1。

■ 表1 新「日語能力測驗」認證基準

級數	認證基準 各級數的認證基準，如以下【讀】與【聽】的語言動作所示。各級數亦必須具備為表現各語言動作所需的語言知識。
N1	能理解在廣泛情境下所使用的日語 【讀】・可閱讀話題廣泛的報紙社論與評論等論述性較複雜及較抽象的文章，且能理解其文章結構與內容。 ・可閱讀各種話題內容較具深度的讀物，且能理解其脈絡及詳細的表達意涵。 【聽】・在廣泛情境下，可聽懂常速且連貫的對話、新聞報導及講課，且能充分理解話題走向、內容、人物關係、以及說話內容的論述結構等，並確實掌握其大意。
N2	除日常生活所使用的日語之外，也能大致理解較廣泛情境下的日語 【讀】・可看懂報紙與雜誌所刊載的各類報導、解說、簡易評論等主旨明確的文章。 ・可閱讀一般話題的讀物，並能理解其脈絡及表達意涵。 【聽】・除日常生活情境外，在大部分的情境下，可聽懂接近常速且連貫的對話與新聞報導，亦能理解其話題走向、內容、以及人物關係，並可掌握其大意。
N3	能大致理解日常生活所使用的日語 【讀】・可看懂與日常生活相關的具體內容的文章。 ・可由報紙標題等，掌握概要的資訊。 ・於日常生活情境下接觸難度稍高的文章，經換個方式敘述，即可理解其大意。 【聽】・在日常生活情境下，面對稍微接近常速且連貫的對話，經彙整談話的具體內容與人物關係等資訊後，即可大致理解。

困
難
*
↑

＊ 容 易 ↓	N4	能理解基礎日語 【讀】‧可看懂以基本語彙及漢字描述的貼近日常生活相關話題的文章。 【聽】‧可大致聽懂速度較慢的日常會話。
	N5	能大致理解基礎日語 【讀】‧可看懂以平假名、片假名或一般日常生活使用的基本漢字所書寫的固定詞句、 　　　短文、以及文章。 【聽】‧在課堂上或周遭等日常生活中常接觸的情境下，如為速度較慢的簡短對話，可 　　　從中聽取必要資訊。

＊N1最難，N5最簡單。

3. 測驗科目

新制測驗的測驗科目與測驗時間如表2所示。

■ 表2　測驗科目與測驗時間＊①

級數	測驗科目 （測驗時間）			
N1	語言知識（文字、語彙、 文法）、讀解 （110分）		聽解 （60分）	→ 測驗科目為「語言知識 （文字、語彙、文法）、 讀解」；以及「聽解」共 2科目。
N2	語言知識（文字、語彙、 文法）、讀解 （105分）		聽解 （50分）	→
N3	語言知識 （文字、語彙） （30分）	語言知識 （文法）、讀解 （70分）	聽解 （40分）	→ 測驗科目為「語言知識 （文字、語彙）」；「語 言知識（文法）、讀 解」；以及「聽解」共3 科目。
N4	語言知識 （文字、語彙） （30分）	語言知識 （文法）、讀解 （60分）	聽解 （35分）	→
N5	語言知識 （文字、語彙） （25分）	語言知識 （文法）、讀解 （50分）	聽解 （30分）	→

　　N1與N2的測驗科目為「語言知識（文字、語彙、文法）、讀解」以及「聽解」共2科目；N3、N4、N5的測驗科目為「語言知識（文字、語彙）」、「語言知識（文法）、讀解」、「聽解」共3科目。

　　由於N3、N4、N5的試題中，包含較少的漢字、語彙、以及文法項目，因此當與N1、N2測驗相同的「語言知識（文字、語彙、文法）、讀解」科目時，有時會使某幾道試題成

為其他題目的提示。為避免這個情況，因此將「語言知識（文字、語彙、文法）、讀解」，分成「語言知識（文字、語彙）」和「語言知識（文法）、讀解」施測。

＊①：聽解因測驗試題的錄音長度不同，致使測驗時間會有些許差異。

4. 測驗成績

4-1　量尺得分

舊制測驗的得分，答對的題數以「原始得分」呈現；相對的，新制測驗的得分以「量尺得分」呈現。

「量尺得分」是經過「等化」轉換後所得的分數。以下，本手冊將新制測驗的「量尺得分」，簡稱為「得分」。

4-2　測驗成績的呈現

新制測驗的測驗成績，如表3的計分科目所示。N1、N2、N3的計分科目分為「語言知識（文字、語彙、文法）」、「讀解」、以及「聽解」3項；N4、N5的計分科目分為「語言知識（文字、語彙、文法）、讀解」以及「聽解」2項。

會將N4、N5的「語言知識（文字、語彙、文法）」和「讀解」合併成一項，是因為在學習日語的基礎階段，「語言知識」與「讀解」方面的重疊性高，所以將「語言知識」與「讀解」合併計分，比較符合學習者於該階段的日語能力特徵。

■ 表3　各級數的計分科目及得分範圍

級數	計分科目	得分範圍
N1	語言知識（文字、語彙、文法）	0～60
	讀解	0～60
	聽解	0～60
	總分	0～180
N2	語言知識（文字、語彙、文法）	0～60
	讀解	0～60
	聽解	0～60
	總分	0～180
N3	語言知識（文字、語彙、文法）	0～60
	讀解	0～60
	聽解	0～60
	總分	0～180
N4	語言知識（文字、語彙、文法）、讀解	0～120
		0～60
	聽解	
	總分	0～180

N5	語言知識（文字、語彙、文法）、讀解	0～120 0～60
	聽解	
	總分	0～180

各級數的得分範圍，如表3所示。N1、N2、N3的「語言知識（文字、語彙、文法）」、「讀解」、「聽解」的得分範圍各為0～60分，三項合計的總分範圍是0～180分。「語言知識（文字、語彙、文法）」、「讀解」、「聽解」各占總分的比例是1：1：1。

N4、N5的「語言知識（文字、語彙、文法）、讀解」的得分範圍為0～120分，「聽解」的得分範圍為0～60分，二項合計的總分範圍是0～180分。「語言知識（文字、語彙、文法）、讀解」與「聽解」各占總分的比例是2：1。還有，「語言知識（文字、語彙、文法）、讀解」的得分，不能拆解成「語言知識（文字、語彙、文法）」與「讀解」二項。

除此之外，在所有的級數中，「聽解」均占總分的三分之一，較舊制測驗的四分之一為高。

4－3　合格基準

舊制測驗是以總分作為合格基準；相對的，新制測驗是以總分與分項成績的門檻二者作為合格基準。所謂的門檻，是指各分項成績至少必須高於該分數。假如有一科分項成績未達門檻，無論總分有多高，都不合格。

新制測驗設定各分項成績門檻的目的，在於綜合評定學習者的日語能力，須符合以下二項條件才能判定為合格：①總分達合格分數（＝通過標準）以上；②各分項成績達各分項合格分數（＝通過門檻）以上。如有一科分項成績未達門檻，無論總分多高，也會被判定為不合格。

N1～N3及N4、N5之分項成績有所不同，各級總分通過標準及各分項成績通過門檻如下所示：

級數	總分		分項成績					
			言語知識 （文字・語彙・文法）		讀解		聽解	
	得分範圍	通過標準	得分範圍	通過門檻	得分範圍	通過門檻	得分範圍	通過門檻
N1	0～180分	100分	0～60分	19分	0～60分	19分	0～60分	19分
N2	0～180分	90分	0～60分	19分	0～60分	19分	0～60分	19分
N3	0～180分	95分	0～60分	19分	0～60分	19分	0～60分	19分

級數	總分		分項成績			
			言語知識 （文字・語彙・文法）・讀解		聽解	
	得分 範圍	通過 標準	得分 範圍	通過 門檻	得分 範圍	通過 門檻
N4	0〜180分	90分	0〜120分	38分	0〜60分	19分
N5	0〜180分	80分	0〜120分	38分	0〜60分	19分

※上列通過標準自2010年第1回(7月)【N4、N5為2010年第2回(12月)】起適用。

　　缺考其中任一測驗科目者，即判定為不合格。寄發「合否結果通知書」時，含已應考之測驗科目在內，成績均不計分亦不告知。

4－4　測驗結果通知

　　依級數判定是否合格後，寄發「合否結果通知書」予應試者；合格者同時寄發「日本語能力認定書」。

■ N1, N2, N3

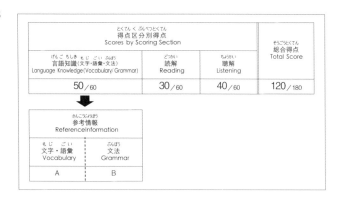

■ N4, N5

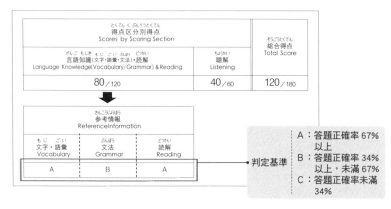

※各節測驗如有一節缺考就不予計分，即判定為不合格。雖會寄發「合否結果通知書」但所有分項成績，含已出席科目在內，均不予計分。各欄成績以「*」表示，如「＊＊／60」。
※所有科目皆缺席者，不寄發「合否結果通知書」。

N5 題型分析

測驗科目 （測驗時間）			試題內容			
			題型		小題 題數 *	分析
語言知識 （25分）	文字、語彙	1	漢字讀音	◇	12	測驗漢字語彙的讀音。
		2	假名漢字寫法		8	測驗平假名語彙的漢字及片假名的寫法。
		3	選擇文脈語彙	◇	10	測驗根據文脈選擇適切語彙。
		4	替換類義詞	○	5	測驗根據試題的語彙或說法，選擇類義詞或類義說法。
語言知識、讀解 （50分）	文法	1	文句的文法1 （文法形式判斷）	○	16	測驗辨別哪種文法形式符合文句內容。
		2	文句的文法2 （文句組構）	◆	5	測驗是否能夠組織文法正確且文義通順的句子。
		3	文章段落的文法	◆	5	測驗辨別該文句有無符合文脈。
	讀解*	4	理解內容 （短文）	○	3	於讀完包含學習、生活、工作相關話題或情境等，約80字左右的撰寫平易的文章段落之後，測驗是否能夠理解其內容。
		5	理解內容 （中文）	○	2	於讀完包含以日常話題或情境為題材等，約250字左右的撰寫平易的文章段落之後，測驗是否能夠理解其內容。
		6	釐整資訊	◆	1	測驗是否能夠從介紹或通知等，約250字左右的撰寫資訊題材中，找出所需的訊息。
聽解 （30分）		1	理解問題	◇	7	於聽取完整的會話段落之後，測驗是否能夠理解其內容（於聽完解決問題所需的具體訊息之後，測驗是否能夠理解應當採取的下一個適切步驟）。
		2	理解重點	◇	6	於聽取完整的會話段落之後，測驗是否能夠理解其內容（依據剛才已聽過的提示，測驗是否能夠抓住應當聽取的重點）。
		3	適切話語	◆	5	測驗一面看圖示，一面聽取情境說明時，是否能夠選擇適切的話語。
		4	即時應答	◆	6	測驗於聽完簡短的詢問之後，是否能夠選擇適切的應答。

＊「小題題數」為每次測驗的約略題數，與實際測驗時的題數可能未盡相同。此外，亦有可能會變更小題題數。

＊有時在「讀解」科目中，同一段文章可能會有數道小題。

＊符號標示：「◆」舊制測驗沒有出現過的嶄新題型；「◇」沿襲舊制測驗的題型，但是更動部分形式；「○」與舊制測驗一樣的題型。

資料來源：《日本語能力試驗JLPT官方網站：分項成績‧合格判定‧合否結果通知》。2016年1月11日，取自：http://www.jlpt.jp/tw/guideline/results.html

Part 1 讀解對策

閱讀的目標是，從各種題材中，得到自己要的訊息。因此，新制考試的閱讀考點就是「從什麼題材」和「得到什麼訊息」這兩點。

問題 4

閱讀經過改寫後的約 180 字的短篇文章，測驗是否能夠理解文章內容。以生活、工作、學習或情境為主題的簡單文章，有時候會配上插圖。預估有 3 題。

もんだい4　つぎの　(1)から　(3)の　ぶんしょうを　読んで、しつもんに　こたえて　ください。こたえは、1・2・3・4から　いちばん　いい　ものを　一つ　えらんで　ください。

(2)

　わたしの　つくえの　上の　すいそうの　中には、さかなが　います。
(注1)
くろくて　大きな　さかなが　2ひきと、しろくて　小さな　さかなが
3びきです。すいそうの　中には　小さな　石と、水草を　3本　入れて
(注2)
います。

（注1）すいそう：魚などを　入れる　ガラスの　はこ。
（注2）水草：水の　中に　ある　草。

提問一般用「～ときは、どうしますか」（～時，該怎麼做好呢？）、「～はどれですか」（～是哪一個呢？）的表達方式。也會出現同一個意思，改用不同詞彙的作答方式。還有提問與內容不符的選項，也常出現？要小心應答。考試時建議先看提問及選項，再看文章。

28　「わたし」の　すいそうは　どれですか。

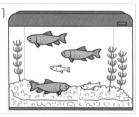
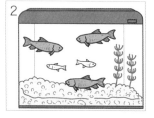
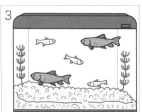
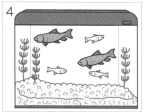

問題5

閱讀約300字的中篇文章，測驗是否能夠理解文章的內容。以日常生活話題或情境所改寫的簡單文章。預估有2題。

もんだい5　つぎの　ぶんしょうを　読んで、しつもんに　こたえて　ください。こたえは、1・2・3・4から　一ばん　いい　ものを　一つ　えらんで　ください。

　土曜日の　夕方から　雪が　ふりました。
　わたしが　すんで　いる　九州（注1）では、雪は　あまり　ふりません。こんなに　たくさん　雪が　ふるのを　はじめて　見たので、わたしは　とても　うれしく　なりました。
　くらく　なった　空から　白い　雪が　つぎつぎに（注2）ふって　きて、とても　きれいでした。わたしは、長い　間　まどから　雪を　見て　いましたが、12時ごろ　ねました。
　日曜日の　朝7時ごろ、「シャッ、シャッ」と　いう　音を　聞いて、おきました。雪は　もう　ふって　いませんでした。門の　外で、母が　雪かき（注3）を　して　いました。日曜日で　がっこうも　休みなので　まだ　ねて　いたかったのですが、わたしも　おきて　雪かきを　しました。
　近くの　子どもたちは、たのしく　雪で　あそんで　いました。

（注1）九州：日本の南の方の島。
（注2）つぎつぎに：一つのことやもののすぐあとに、同じことやものがくる。
（注3）雪かき：つもった雪を道の右や左にあつめて、通るところを作ること。

提問一般用，造成某結果的理由「〜はどうしてですか」，文章中的某詞彙的意思「〜は、どんなことですか」，文章的內容「〜とき、何をしましたか」的表達方式。

30　「わたし」は、どうして　うれしく　なりましたか。
　1　土曜日の　夕方に　雪が　つもったから
　2　雪が　ふるのが　とても　きれいだったから
　3　雪を　はじめて　見たから
　4　雪が　たくさん　ふるのを　はじめて　見たから

31　「わたし」は、日よう日の　あさ　何を　しましたか。
　1　7時に　おきて　がっこうに　行きました。
　2　子どもたちと　雪で　あそびました。
　3　朝　はやく　おきて　雪かきを　しました。
　4　雪の　つもった　まちを　歩きました。

還有，選擇錯誤選項的「正しくないものどれですか」也偶而會出現，要仔細看清提問喔！

問題6

閲讀經過改寫後的約250字的簡介、通知、傳單等資料中，測驗能否從中找出需要的訊息。預估有1題。

もんだい5　つぎの　ページを　見て、下の　しつもんに　こたえて　ください。こたえは、1・2・3・4から　いちばん　いい　ものを　一つ　えらんで　ください。

32　山中さんは、7月から　アパートを　かりて、ひとりで　くらします。
　　　すいはんきと　トースターを　同じ日に　安く　買うには　いつが　いいですか。山中さんは、仕事が　あるので、店に　行くのは　土曜日か　日曜日です。

（注1）すいはんき：ご飯を作るのに使います。
（注2）トースター：パンをやくのに使います。

1　7月16日　ごぜん　10時	2　7月17日　ごぜん　10時
3　7月18日　ごご　6時	4　7月19日　ごご　6時

表格等文章一看很難，但只要掌握原則就容易了。首先看清提問的條件，接下來快速找出符合該條件的內容在哪裡。最後，注意有無提示「例外」的地方。不需要每個細項都閱讀。平常可以多看日本報章雜誌上的廣告、傳單及手冊，進行模擬練習。

オオシマ電気店
7月は　これが　安い！

7月中　安い！（7月1日～31日）

せんぷうき

エアコン

1日だけ　安い！

7月16日（木）	7月17日（金）	7月18日（土）	7月19日（日）
トースター ジューサー	すいはんき せんたくき	パソコン ドライヤー	トースター デジタルカメラ

決まった　じかんだけ　安い！

7月15～18日　ごぜん　10時	7月18・19日　ごご　6時
トースター せんたくき	すいはんき れいぞうこ

日本語能力試驗
JLPT

N5 言語知識 • 讀解

Part 2　模擬試題⋯⋯16
Part 3　翻譯與題解⋯⋯64

つぎの　(1)から　(3)の　ぶんしょうを　読んで、しつもんに　こたえて　ください。こたえは、1・2・3・4から　一ばん　いい　ものを　一つ　えらんで　ください。

(1)

　わたしは　今日、母に　おしえて　もらいながら　ホットケーキを　作りました。先週　一人で　作った　とき、じょうずに　できなかったからです。今日は、とても　よく　できて、父も、おいしいと　言って　食べました。

27　「わたし」は、今日、何を　しましたか。
1　母に　おしえて　もらって　ホットケーキを　作りました。
2　一人で　ホットケーキを　作りました。
3　父と　いっしょに　ホットケーキを　作りました。
4　父に　ホットケーキの　作りかたを　ならいました。

（2）

　わたしの　いえは、えきの　まえの　ひろい　道を　まっすぐに

歩いて、花やの　かどを　みぎに　まがった　ところに　あります。

花やから　4けん先の　白い　たてものです。

28 「わたし」の　いえは　どれですか。

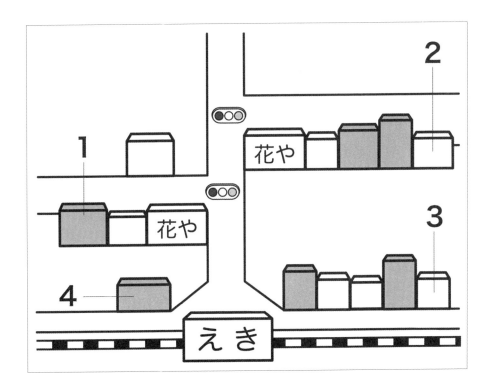

（3）

　あしたの　ハイキングに　ついて　先生から　つぎの　話が
ありました。

　　あした、ハイキングに　行く　人は、朝　9時までに　学校に
来て　ください。前の　日に　病気を　して、ハイキングに　行く
ことが　できなく　なった　人は、朝の　7時までに　先生に
電話を　して　ください。
　　また、あした　雨で　ハイキングに　行かない　ときは、朝の
6時までに、先生が　みなさんに　電話を　かけます。

---

29 前の 日に 病気を して、ハイキングに 行く ことが でき

なく なった ときは、どうしますか。

1 朝 6時までに 先生に 電話を します。

2 朝 8時までに 先生に メールを します。

3 朝 7時までに 先生に 電話を します。

4 夜の 9時までに 先生に 電話を します。

つぎの　ぶんしょうを　読んで、しつもんに　こたえて　ください。こたえは、
1・2・3・4から　一ばん　いい　ものを　一つ　えらんで　ください。

　　　土曜日の　夕方から　雪が　ふりました。
　　わたしが　すんで　いる　九州では、雪は　あまり　ふりません。
　　（注1）
こんなに　たくさん　雪が　ふるのを　はじめて　見たので、わたしは
とても　うれしく　なりました。
　　くらく　なった　空から　白い　雪が　つぎつぎに　ふって　きて、
　　　　　　　　　　　　　　　　　　　　　（注2）
とても　きれいでした。わたしは、長い　間　まどから　雪を　見て
いましたが、12時ごろ　ねました。
　　日曜日の　朝　7時ごろ、「シャッ、シャッ」と　いう　音を　聞いて、
おきました。雪は　もう　ふって　いませんでした。門の　外で、母が
雪かきを　して　いました。日曜日で　がっこうも　休みなので　まだ
（注3）
ねて　いたかったのですが、わたしも　おきて　雪かきを　しました。
　　近くの　子どもたちは、たのしく　雪で　あそんで　いました。

（注1）九州：日本の　南の方の　島。
（注2）つぎつぎに：一つの　ことや　ものの　すぐ　あとに、同じ　ことや　も
　　　　　のが　くる。
（注3）雪かき：つもった　雪を　道の　右や　左に　あつめて、通る　ところを　作る
　　　　　こと。

30 「わたし」は、どうして うれしく なりましたか。

1 土曜日の 夕方に 雪が つもったから

2 雪が ふるのが とても きれいだったから

3 雪を はじめて 見たから

4 雪が たくさん ふるのを はじめて 見たから

31 「わたし」は、日よう日の 朝 何を しましたか。

1 7時に おきて がっこうに 行きました。

2 子どもたちと 雪で あそびました。

3 朝 はやく おきて 雪かきを しました。

4 雪の つもった まちを 歩きました。

下の　「図書館の　きまり」を　見て、下の　しつもんに　こたえて　ください。
こたえは、1・2・3・4から　一ばん　いい　ものを　一つ　えらんで　ください。

32　田中さんは　３月９日、日曜日に　本を　３冊　借りました。
　　何月何日までに　返しますか。
　1　３月 23 日
　2　３月 30 日
　3　３月 31 日
　4　４月 1 日

図書館の　きまり

○ 時間　午前　9時から　午後　7時まで
○ 休み　毎週　月曜日

　　　＊また、毎月　30日（2月は28日）は、お休みです。

○ 1回に、一人　3冊まで　かりる　ことが　できます。
○ 借りる　ことが　できるのは　3週間です。

　　　＊3週間あとの　日が　図書館の　休みの　日の　ときは、その
　　　次の　日までに　かえして　ください。

つぎの　(1)から　(3)の　ぶんしょうを　読んで、しつもんに　こたえて　ください。こたえは、1・2・3・4から　一ばん　いい　ものを　一つ　えらんで　ください。

(1)

　わたしは　大学生です。わたしの　父は　大学で　英語を　おしえて　います。母は　医者で、病院に　つとめて　います。姉は　会社に　つとめて　いましたが、今は　けっこんして、東京に　すんで　います。

[27]　「わたし」の　お父さんの　しごとは　何ですか。

1　医者

2　大学生

3　大学の　先生

4　会社員

(2)

　これは、わたしが　とった　家族の　しゃしんです。父は　とても
背が　高く、母は　あまり　高く　ありません。母の　右に　立って
いるのは、母の　お父さんで、その　となりに　いるのが　妹です。
父の　左で　いすに　すわって　いるのは　父の　お母さんです。

[28]　「わたし」の　家族の　しゃしんは　どれですか。

（3）

　テーブルの　上^{うえ}に　たかこさんの　お母^{かあ}さんの　メモが　ありました。

たかこさん

　午後^{ごご}から　出^でかける　ことに　なりました。7時^じごろには　かえります。れいぞうこに　ぶたにくと　じゃがいもと　にんじんが　あるので、夕飯^{ゆうはん}を　作^{つく}って、まって　いて　ください。

---

29 たかこさんは、お母さんが いない あいだ、何を しますか。

1 ぶたにくと じゃがいもと にんじんを かいに 行きます。

2 れいぞうこに 入って いる もので 夕飯を 作ります。

3 7時ごろまで お母さんの かえりを まちます。

4 学校の しゅくだいを して おきます。

つぎの　ぶんしょうを　読んで、しつもんに　こたえて　ください。こたえは、
1・2・3・4から　いちばん　いい　ものを　一つ　えらんで　ください。

　　きのうは、中村さんと　いっしょに　音楽会に　行く　日でした。
音楽会は　1時半に　はじまるので、中村さんと　わたしは、1時に
池田駅の　花屋の　前で　会う　ことに　しました。

　　わたしは、1時から、西の　出口の　花屋の　前で　中村さんを　ま
ちました。しかし、10分すぎても、15分すぎても、中村さんは　来ま
せん。わたしは、中村さんに　けいたい電話を　かけました。

　　電話に　出た　中村さんは「わたしは　1時10分前から　東の　出
口の　花屋の　前で　まって　いますよ。」と　言います。わたしは、
西の　出口の　花屋の　前で　まって　いたのです。

　　わたしは　走って　東の　出口に　行きました。そして、まって
いた　中村さんと　会って、音楽会に　行きました。

30 中村さんが　来なかった　とき、「わたし」は　どう　しましたか。

1　東の　出口で　ずっと　まって　いました。

2　西の　出口に　行きました。

3　けいたい電話を　かけました。

4　いえに　かえりました。

31 中村さんは、どこで　「わたし」を　まって　いましたか。

1　西の　出口の　花屋の　前

2　東の　出口の　花屋の　前

3　音楽会を　する　ところ

4　中村さんの　いえ

下の　郵便料金の　表を　見て、下の　しつもんに　こたえて　ください。こたえ
は、1・2・3・4から　いちばん　いい　ものを　一つ　えらんで　ください。

32　中山さんは、200ｇの　手紙を　速達で　出します。いくらの
　　切手を　はりますか。

1　250 円

2　280 円

3　650 円

4　530 円

郵便料金
（てがみや　はがきなどを　出すときの　お金）

定形郵便物*1	25g 以内*2	82 円
	50g 以内	92 円
定形外郵便物*3	50g 以内	120 円
	100g 以内	140 円
	150g 以内	205 円
	250g 以内	250 円
	500g 以内	400 円
	1 kg 以内	600 円
	2 kg 以内	870 円
	4 kg 以内	1,180 円
はがき	通常はがき	52 円
	往復はがき	104 円
速達*4	250g 以内	280 円
	1 kg 以内	380 円
	4 kg 以内	650 円

＊1　定形郵便物：郵便の　会社が　きめた　大きさで　50gまでの
　　　てがみ。

＊2　25 g 以内：25gより　重く　ありません。

＊3　定形外郵便物：定形郵便物より　大きいか　小さいか、または
　　　重い　てがみや　にもつ。

＊4　速達：ふつうより　早く　つくこと。

つぎの　(1)から　(3)の　ぶんしょうを　読んで、しつもんに　こたえて　ください。こたえは、1・2・3・4から　いちばん　いい　ものを　一つ　えらんで　ください。

(1)

　わたしは　学校の　かえりに、妹と　びょういんに　行きました。そぼが　びょうきを　して　びょういんに　入って　いるのです。

　そぼは、ねて　いましたが、夕飯の　時間に　なると　おきて、げんきに　ごはんを　食べて　いました。

27 「わたし」は、学校の　かえりに　何を　しましたか。

　1　びょうきを　して、びょういんに　行きました。
　2　妹を　びょういんに　つれて　行きました。
　3　びょういんに　いる　びょうきの　そぼに　会いに　行きました。
　4　びょういんで　妹と　夕飯を　食べました。

（2）

　わたしの　つくえの　上^{うえ}の　すいそうの　中^{なか}には、さかなが　います。
くろくて　大^{おお}きな　さかなが　2ひきと、しろくて　小^{ちい}さな　さかなが
3びきです。すいそうの　中^{なか}には　小^{ちい}さな　石^{いし}と、水草^{みずくさ}を　3本^{ほん}　入^いれて
います。

（注1）すいそう：魚^{さかな}などを　入^いれるガラスのはこ。
（注2）水草^{みずくさ}：水^{みず}の中^{なか}にある草^{くさ}。

28　「わたし」の　すいそうは　どれですか。

（3）

　ゆきこさんの　つくえの　上^{うえ}に、田中^{たなか}さんからの　メモが　あります。

ゆきこさん

　母^{はは}が　かぜを　ひいて、しごとを　休^{やす}んで　いるので、明日^{あした}は　パーティーに　行^いく　ことが　できなく　なりました。わたしは、今日^{きょう}、7時^じには　家^{いえ}に　帰^{かえ}るので、電話^{でんわ}を　して　ください。

田中^{たなか}

29 ゆきこさんは、5時に 家に 帰りました。何を しますか。

1 田中さんからの 電話を まちます。

2 7時すぎに 田中さんに 電話を します。

3 すぐ 田中さんに 電話を します。

4 7時ごろに 田中さんの 家に 行きます。

つぎの　ぶんしょうを　読んで、しつもんに　こたえて　ください。こたえは、
1・2・3・4から　いちばん　いい　ものを　一つ　えらんで　ください。

　わたしは、まいにち　歩いて　学校に　行きます。けさは、おそく
おきたので、朝ごはんも　食べないで　家を　出ました。しかし、学校
の　近くまで　きた　とき、けいたい電話を　わすれた　ことに　気が
つきました。わたしは、走って　家に　とりに　帰りました。けいたい
電話は、へやの　つくえの　上に　ありました。

　時計を　見ると、8時38分です。じゅぎょうに　おくれるので、
じてんしゃで　行きました。そして、8時46分に　きょうしつに
入りました。いつもは、8時45分に　じゅぎょうが　はじまりますが、
その　日は　まだ　はじまって　いませんでした。

（注）気がつく：わかる。

30 学校の　近くで、「わたし」は、何に　気が　つきましたか。

1　朝ごはんを　食べて　いなかった　こと

2　けいたい電話を　家に　わすれた　こと

3　けいたい電話は　つくえの　上に　ある　こと

4　走って　行かないと　じゅぎょうに　おくれる　こと

31 「わたし」は、何時何分に　きょうしつに　入りましたか。

1　8時38分

2　8時40分

3　8時45分

4　8時46分

つぎの　ページを　見_みて、下_{した}の　しつもんに　こたえて　ください。こたえは、
1・2・3・4から　いちばん　いい　ものを　一_{ひと}つ　えらんで　ください。

32　山中_{やまなか}さんは、7月_{がつ}から　アパートを　かりて、ひとりで　くら
　　します。すいはんきと　トースターを　同_{おな}じ日_ひに　安_{やす}く　買_かう
　　　　　　　　(注1)　　　　　　(注2)
　　には　いつが　いいですか。山中_{やまなか}さんは、仕事_{しごと}が　あるので、店_{みせ}に
　　行_いくのは　土曜日_{どようび}か　日曜日_{にちようび}です。

(注1) すいはんき：ご飯_{はん}を作_{つく}るのに使_{つか}います。

(注2) トースター：パンをやくのに使_{つか}います。

　　1　7月_{がつ} 16 日_{にち}　ごぜん　10 時_じ
　　2　7月_{がつ} 17 日_{にち}　ごぜん　10 時_じ
　　3　7月_{がつ} 18 日_{にち}　ごご　6 時_じ
　　4　7月_{がつ} 19 日_{にち}　ごご　6 時_じ

オオシマ電気店
7月は これが 安い！

7月中 安い！（7月1日〜31日）

 せんぷうき

エアコン

1日だけ 安い！

7月16日（木）	7月17日（金）	7月18日（土）	7月19日（日）
トースター ジューサー	すいはんき せんたくき	パソコン ドライヤー	トースター デジタルカメラ

決まった じかんだけ 安い！

7月15〜18日 ごぜん10時

トースター
せんたくき

7月18・19日 ごご6時

すいはんき
れいぞうこ

つぎの　(1)から　(3)の　ぶんしょうを　読んで、しつもんに　こたえて　ください。こたえは、1・2・3・4から　いちばん　いい　ものを　一つ　えらんで　ください。

(1)

　　今日は、午前中で　学校の　テストが　終わったので、昼ごはんを　食べた　あと、いえに　かえって　ピアノの　れんしゅうを　しました。明日は、友だちが　わたしの　うちに　来て、いっしょに　テレビを　見たり、音楽を　聞いたり　します。

27　「わたし」は、今日の　午後、何を　しましたか。

　1　学校で　テストが　ありました。

　2　ピアノを　ひきました。

　3　友だちと　テレビを　見ました。

　4　友だちと　音楽を　聞きました。

（2）

　わたしの　かぞくは、まるい　テーブルで　食事を　します。父は、
大きな　いすに　すわり、父の　右側に　わたし、左側に　弟が　すわ
ります。父の　前には、母が　すわり、みんなで　楽しく　話しながら
食事を　します。

28　「わたし」の　かぞくは　どれですか。

（3）

中田くんの　机の　上に　松本先生の　メモが　ありました。

中田くん

　　明日の　じゅぎょうで　つかう　この　地図を　50枚　コ
ピーして　ください。24枚は　クラスの　人に　１枚ずつ
わたして　ください。あとの　26枚は、先生の　机の　上に
のせて　おいて　ください。

松本

29 中田くんは、地図を　コピーして　クラスの　みんなに　わた
した　あと、どう　しますか。

1　26枚を　いえに　もって　帰ります。

2　26枚を　先生の　机の　上に　のせて　おきます。

3　みんなに　もう　1枚ずつ　わたします。

4　50枚を　先生の　机の　上に　のせて　おきます。

つぎの　ぶんしょうを　読んで、しつもんに　こたえて　ください。こたえは、
1・2・3・4から　いちばん　いい　ものを　一つ　えらんで　ください。

　昨日は、そぼの　たんじょうびでした。そぼは、父の　お母さんで、
もう、90歳に　なるのですが、とても　元気です。両親が　仕事に、
わたしと　弟が　学校に　行った　あと、毎日　家で　そうじや　せん
たくを　したり、夕ご飯を　作ったり　して、はたらいて　います。

　夕食、母は　そぼの　すきな　りょうりを　作りました。父は、新しい
ラジオを　プレゼントしました。<u>わたしと　弟</u>は、ケーキを　買って
きて、ろうそくを　9本　立てました。

　そぼは　お酒を　少し　のんだので、赤い　顔を　して　いました
が、とても、うれしそうでした。これからも　ずっと　元気で　いて
ほしいです。

30 そぼの　たんじょうびに、父は　何を　しましたか。

1 そぼの　すきな　りょうりを　作りました。

2 新しい　ラジオを　プレゼントしました。

3 たんじょうびの　ケーキを　買いました。

4 そぼが　すきな　お酒を　買いました。

31 わたしと　弟は　ケーキを　買って　きて、どう　しましたか。

1 ケーキを　切りました。

2 ケーキに　立てた　ろうそくに　火を　つけました。

3 ケーキに　ろうそくを　90本　立てました。

4 ケーキに　ろうそくを　9本　立てました。

下の　お知らせを　見て、下の　しつもんに　こたえて　ください。
こたえは、1・2・3・4から　いちばん　いい　ものを　一つ　えらんで　ください。

---

32 吉田さんが　午後　6時に　家に　帰ると、下の　お知らせが　とどいて　いました。

　あしたの　午後　6時すぎに　荷物を　とどけて　ほしい　ときは、 0120 - 〇×× - △×× に　電話を　して、何ばんの　番号を　おしますか。

1　06124

2　06123

3　06133

4　06134

お し ら せ

やまねこたくはいびん

吉田様

　6月12日　午後 3時に　荷物を　とどけに　来ましたが、だれも いませんでした。また　とどけに　来ますので、下の　電話番号に 電話を　して、とどけて　ほしい　日と　時間の　番号を、おして ください。

電話番号 0120 - ○×× - △××

○とどけて　ほしい　日

　　番号を　4つ　おします。

　　れい　3月15日　⇒　0315

○とどけて　ほしい　時間

　　下から　えらんで、その　番号を　おして　ください。

【1】午前中

【2】午後 1時～3時

【3】午後 3時～6時

【4】午後 6時～9時

　　れい　3月15日の　午後 3時から　6時までに　とどけて　ほしい　とき。

　　⇒ 03153

つぎの　(1)から　(3)の　ぶんしょうを　読んで、しつもんに　こたえて　ください。こたえは、1・2・3・4から　いちばん　いい　ものを　一つ　えらんで　ください。

（1）

　昨日、スーパーマーケットで、トマトを　三つ　100円で　売って　いました。わたしは　「安い！」と　言って、すぐに　買いました。帰りに　家の　近くの　八百屋さんで　見たら　もっと　大きい　トマトが　四つで　100円でした。

27 「わたし」は、トマトを、どこで　いくらで　買いましたか。

　1　スーパーで　三つ　100円で　買いました。

　2　スーパーで　四つ　100円で　買いました。

　3　八百屋さんで　三つ　100円で　買いました。

　4　八百屋さんで　四つ　100円で　買いました。

(2)

今朝、わたしは　公園に　さんぽに　行きました。となりの　いえの
おじいさんが　木の　下で　しんぶんを　読んで　いました。

28　となりの　いえの　おじいさんは　どれですか。

(3)

とおるくんが　学校から　お知らせの　紙を　もらって　きました。

ご家族の　みなさまへ　お知らせ

　　3月25日（金曜日）　朝　10時から、学校の　体育館で
生徒の　音楽会が　あります。

　　生徒は、みんな　同じ　白い　シャツを　着て　歌いますので、
それまでに　学校の　前の　店で　買って　おいて　ください。

　　体育館に　入る　ときは、入り口に　ならべて　ある　スリッ
パを　はいて　ください。写真は　とって　いいです。

　　　　　　　　　　　　　　　　　　　　　　　　　〇〇高等学校

---

29 お母さんは　とおるくんの　音楽会までに　何を　買いますか。

1　スリッパ

2　白い　ズボン

3　白い　シャツ

4　ビデオカメラ

つぎの　ぶんしょうを　読んで、しつもんに　こたえて　ください。こたえは、
1・2・3・4から　いちばん　いい　ものを　一つ　えらんで　ください。

　　去年、わたしは　友だちと　沖縄に　りょこうに　行きました。沖縄
は、日本の　南の　ほうに　ある　島で、海が　きれいな　ことで　ゆ
うめいです。

　　わたしたちは、飛行機を　おりて　すぐ、海に　行って　泳ぎました。
その　あと、古い　お城を　見に　行きました。お城は　わたしの　国の
　　　　　　　(注)
ものとも、日本で　前に　見た　ものとも　ちがう　おもしろい　たて
ものでした。友だちは　その　しゃしんを　たくさん　とりました。

　　お城を　見た　あと、4時ごろ、ホテルに　向かいました。ホテルの
門の　前で、ねこが　ねて　いました。とても　かわいかったので、わ
たしは　その　ねこの　しゃしんを　とりました。

(注) お城：大きくてりっぱなたてものの一つ。

30 わたしたちは、沖縄（おきなわ）に ついて はじめに 何（なに）を しましたか。

1 古（ふる）い お城（しろ）を 見（み）に 行（い）きました。

2 ホテルに 入（はい）りました。

3 海（うみ）に 行（い）って しゃしんを とりました。

4 海（うみ）に 行（い）って 泳（およ）ぎました。

31 「わたし」は、何（なん）の しゃしんを とりましたか。

1 古（ふる）い お城（しろ）の しゃしん

2 きれいな 海（うみ）の しゃしん

3 ホテルの 前（まえ）で ねて いた ねこの しゃしん

4 お城（しろ）の 門（もん）の 上（うえ）で ねて いた ねこの しゃしん

下の　「川越から　東京までの　時間と　お金」を　見て、下の　しつもんに　こたえて　ください。こたえは、1・2・3・4から　いちばん　いい　ものを　一つ　えらんで　ください。

[32]　ヤンさんは、川越と　いう　駅から　東京駅まで　電車で　行きます。行き方を　調べたら、四つの　行き方が　ありました。乗りかえの　回数が　少なく、また　かかる　時間も　短いのは、①〜④の　うちの　どれですか。

（注）乗りかえ：電車やバスなどをおりて、ほかの電車やバスなどに乗ること。

　　1　①

　　2　②

　　3　③

　　4　④

川越から　東京までの　時間と　お金

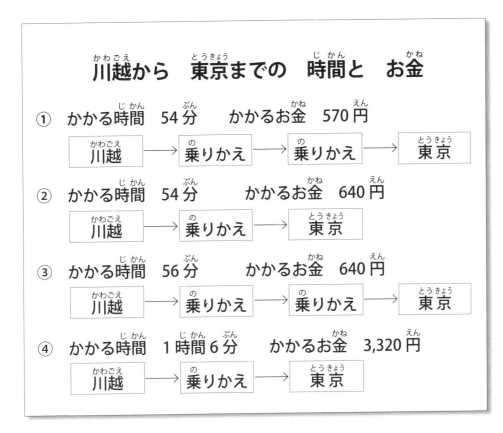

① かかる時間　54分　　かかるお金　570円

川越　→　乗りかえ　→　乗りかえ　→　東京

② かかる時間　54分　　　かかるお金　640円

川越　→　乗りかえ　→　東京

③ かかる時間　56分　　　かかるお金　640円

川越　→　乗りかえ　→　乗りかえ　→　東京

④ かかる時間　1時間6分　　かかるお金　3,320円

川越　→　乗りかえ　→　東京

つぎの(1)から　(3)の　ぶんしょうを　読んで、しつもんに　こたえて　ください。こたえは、1・2・3・4から　いちばん　いい　ものを　一つ　えらんで　ください。

(1)

　わたしには、姉が　一人　います。姉も　わたしも　ふとって　いますが、姉は　背が　高くて、わたしは　低いです。わたしたちは　同じ　大学で、姉は　英語を、わたしは　日本語を　べんきょうして　います。

27　まちがって　いるのは　どれですか。
1　二人とも　ふとって　います。
2　同じ　大学に　行って　います。
3　姉は　大学で　日本語を　べんきょうして　います。
4　姉は　背が　高いですが、わたしは　低いです。

(2)

　5さいの　ゆうくんと　お母_{かあ}さんは、スーパーに　買_かい物_{もの}に　行_いきました。
しかし　お母_{かあ}さんが　買_かい物_{もの}を　して　いる　ときに、ゆうくんが　いなく
なりました。ゆうくんは　みじかい　ズボンを　はいて、ポケットが
ついた　白_{しろ}い　シャツを　きて、ぼうしを　かぶって　います。

28　ゆうくんは、どれですか。

（3）

大学で　英語を　べんきょうして　いる　お姉さんに、妹の　真矢
さんから　次の　メールが　来ました。

お姉さん

　わたしの　友だちの　花田さんが、弟に　英語を　教える　人を
さがして　います。お姉さんが　教えて　くださいませんか。

　花田さんが　まって　いますので、今日中に　花田さんに
電話を　して　ください。

真矢

---

29 お姉さんは、花田さんの 弟に 英語を 教えるつもりです。

どうしますか。

1 花田さんに メールを します。

2 妹の 真矢さんに 電話を します。

3 花田さんに 電話を します。

4 花田さんの 弟に 電話を します。

つぎの　ぶんしょうを　読んで、しつもんに　こたえて　ください。こたえは、
1・2・3・4から　一ばん　いい　ものを　一つ　えらんで　ください。

　　わたしの　友だちの　アリさんは　3月に　東京の　大学を　出て、
大阪の　会社に　つとめます。

　　アリさんは、3年前　わたしが　日本に　来た　とき、いろいろと
教えて　くれた　友だちで、今まで　同じ　アパートに　住んで　いま
した。アリさんが　もう　すぐ　いなく　なるので、わたしは　とても
さびしいです。

　　アリさんが、「大阪は　あまり　知らないので、困って　います。」と
言って　いたので、わたしは　近くの　本屋さんで　大阪の　地図を
買って、それを　アリさんに　プレゼントしました。

30 友だちは　どんな　人ですか。
1　大阪の　同じ　会社に　つとめて　いた　人
2　同じ　大学で　いっしょに　べんきょうした　人
3　日本の　ことを　教えて　くれた　人
4　東京の　本屋さんに　つとめて　いる　人

31「わたし」は　アリさんに、何を　プレゼントしましたか。
1　本を　プレゼントしました。
2　大阪の　地図を　プレゼントしました。
3　日本の　地図を　プレゼントしました。
4　東京の　地図を　プレゼントしました。

61

右の　ページを　見て、下の　しつもんに　こたえて　ください。こたえは、
1・2・3・4から　いちばん　いい　ものを　一つ　えらんで　ください。

32　新聞販売店から　中山さんの　へやに　古紙回収の　お知らせが
　　(注1)　　　　　　　　　　　　　　　　　　　　　　(注2)
きました。中山さんは、31日の　朝、新聞紙を　回収に　出すつもり
です。中山さんの　へやは、アパートの　2階です。

(注1) 新聞販売店：新聞を売ったり、家にとどけたりする店。
(注2) 古紙回収：古い新聞紙を集めること。トイレットペーパーとかえ
　　　たりしてくれる。

正しい　出し方は　どれですか。
　1　自分の　へやの　前の　ろうかに　出す。
　2　1階の　入り口に　出す。
　3　1階の　階段の　下に　出す。
　4　自分の　へやの　ドアの　中に　出す。

毎朝新聞　古紙回収の　お知らせ

31日　朝　9時までに
出して　ください。

トイレットペーパーと　かえます。

（古い　新聞紙10〜15ｋｇで、トイレットペーパー　1個。）

● この　お知らせに　へや番号を　書いて、新聞紙の　上に
のせて　出して　ください。

● アパートなどに　すんで　いる　人は、1階の　入り口
まで　出して　ください。

【へや番号】

問題四　翻譯與題解

第 4 大題　請閱讀下列（1）～（3）的文章，並回答問題。請從選項 1・2・3・4 中，選出一個最適當的答案。

- -

（1）

　　わたしは　今日、母に　おしえて　もらいながら　ホットケーキを　作りました。先週　一人で　作った　とき、じょうずに　できなかったからです。今日は、とても　よく　できて、父も、おいしいと　言って　食べました。

27　「わたし」は、今日、何を　しましたか。

1　母に　おしえて　もらって　ホットケーキを　作りました。

2　一人で　ホットケーキを　作りました。

3　父と　いっしょに　ホットケーキを　作りました。

4　父に　ホットケーキの　作りかたを　ならいました。

[翻譯]

　　我今天在媽媽的指導之下做了鬆餅。因為上星期我自己一個人做的時候，沒有做得很成功。今天做得很好，爸爸也邊吃邊稱讚說很好吃。

[27]「我」今天做了什麼呢？

1　在媽媽的指導下做了鬆餅。

2　自己一個人做了鬆餅。

3　和爸爸一起做了鬆餅。

4　向爸爸學了鬆餅的製作方法。

答えは1。「母に教えてもらいながら」と言っているので、選択肢1母に教えてもらってが○。

《他の選択肢》

2は、「一人で」作ったのは「今日」ではなく「先週」。

3は、「いっしょに」作ったのは「父」ではなく「母」。

4は、「（わたしが）作りかたを習った」のは「父」ではなく「母」。

正確答案是1。由於題目說的是「母に教えてもらいながら（一面向媽媽學）」，因此正確答案是1向媽媽學。

《其他選項》

選項2的「一人で（自己一個人）」做的不是在「今日（今天）」而是「先週（上星期）」。

選項3的「いっしょに（一起）」做的不是「父（爸爸）」而是「母（媽媽）」。

選項4的「（わたしが）作りかたを習った（教了〈我〉做法）」的不是「父（爸爸）」而是「母（媽媽）」。

答案：1

Part 3

1

2

3

4

5

6

問題4 ▼ 翻譯與題解

▶▶ 單字的意思

□ 母／母親，媽媽

□ 先週／上星期，上週

□ 上手／好，拿手，擅長

□ できる／完成，做好；出色；會

□ よい／好的，出色的；正確的；恰當的

□ 父／父親，爸爸

□ おいしい／好吃，可口；好喝；（空氣等）新鮮

□ 習う／學習；練習

▶▶ 文法的意思

□ ながら／一邊…一邊…

□ から／因為…所以…

(2)

　わたしの　いえは、えきの　まえの　ひろい　道を　まっすぐに　歩いて、花やの
かどを　みぎに　まがった　ところに　あります。花やから　4けん先の　白い　た
てものです。

28　「わたし」の　いえは　どれですか。

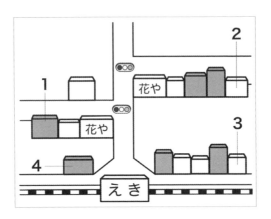

[翻譯]

　　我家的位置是沿著車站前面那條寬敞的道路直走，在花店那個巷口往右轉就到了。
就是和花店隔四棟的那個白色建築。

[28]「我」家是哪一個呢？

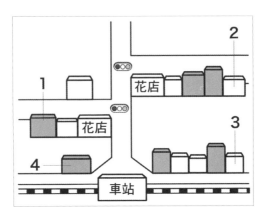

　答えは 2。「花屋のかどを右にま
がったところ」といっているので、
2 が〇。

※　道を説明する言い方を覚えよう。

・（花やのかど・二つめの
　交差点）を右に／へまがり
　ます。

・まっすぐ（に）行きます。

・（橋・川・〜通り）を渡ります。

・花屋の隣／花屋と本屋の間
　／花屋から 3 軒め。

・家や店などの建物は、「1 軒、
　2 軒」と数える。

　正確答案是 2。由於題目說的是「花
屋のかどを右にまがったところ（就在
花店的轉角往右轉那裡）」，因此正確
答案是 2。

※　請記住描述路徑的方式。

・在（花店的轉角、第二個路口）往
　右／向右轉。

・直走。

・走過（橋、河、〜路）。

・花店隔壁／花店和書店之間／從花
　店開始數的第三家。

・住家和店鋪之類的建築物的量詞是
　「軒（棟）」。

答案：2

⤐ 單字的意思

□ 広い／寬闊，寬廣，廣泛

□ 道／道路

□ まっすぐ／筆直；一直；直接

□ 歩く／走路，步行

□ 角／轉角；角，角落

□ 曲がる／轉彎；彎，彎曲；歪曲

□ 軒／棟；房屋

□ 先／前面，前方；前端；去處

□ 白い／白色；潔白

⤐ 文法的意思

□ 〔通過、移動〕＋を＋〔自動詞〕／表示移動或經過某場所

(3)

あしたの　ハイキングに　ついて　先生から　つぎの　話が　ありました。

あした、ハイキングに　行く　人は、朝　9時までに　学校に　来て　ください。前の　日に　病気を　して、ハイキングに　行く　ことが　できなく　なった　人は、朝の　7時までに　先生に　電話を　して　ください。

また、あした　雨で　ハイキングに　行かない　ときは、朝の　6時までに、先生が　みなさんに　電話を　かけます。

---

29 前の　日に　病気を　して、ハイキングに　行く　ことが　できなく　なった　ときは、どうしますか。

1　朝　6時までに　先生に　電話を　します。
2　朝　8時までに　先生に　メールを　します。
3　朝　7時までに　先生に　電話を　します。
4　夜の　9時までに　先生に　電話を　します。

[翻譯]

關於明天的健行，老師交代了以下的事項。

明天要去健行的人，請在早上九點之前到學校。如果有人前一天晚上生病了，沒辦法參加健行，請在早上七點之前打電話告訴老師。

還有，萬一明天因為下雨而取消健行，老師會在早上六點之前打電話通知大家。

---

[29] 假如前一天晚上生病了，沒辦法參加健行的話，該如何處理呢？

1　在早上六點之前打電話告訴老師。

2　在早上八點之前寄電子郵件告訴老師。

3　在早上七點之前打電話告訴老師。

4　在晚上九點之前打電話告訴老師。

[題解攻略]

答えは 3。「前の日に病気をして…行くことができなくなった人は、」と本文にあるので、その続きを選ぶ。

正確答案是 3。由於題目裡有「前の日に病気をして…行くことができなくなった人は、（前一天生病…因此無法前往的人）」，所以選擇接在這段後面的句子。

答案：3

▶▶單字的意思

□ 明日／明天

□ 話／談話，説話，講話；話題

□ 朝／早上，早晨

□ 病気／病，疾病

□ 先生／教師，老師；師傅

□ 雨／下雨；雨天；雨

□ 皆さん／大家，各位

□ かける／打（電話）；掛；戴

□ 夜／夜晚，晚上

▶▶文法的意思

□ 〔目的〕＋に／為了…

問題五　翻譯與題解

第 5 大題　請閱讀下列文章，並回答問題。請從選項 1・2・3・4 中，選出一個最適當的答案。

　　土曜日の　夕方から　雪が　ふりました。

　　わたしが　すんで　いる　九州では、雪は　あまり　ふりません。こんなに　たくさん雪が　ふるのを　はじめて　見たので、わたしは　とても　うれしく　なりました。
（注1）

　　くらく　なった　空から　白い　雪が　つぎつぎに　ふって　きて、とても　きれいでした。わたしは、長い　間　まどから　雪を　見て　いましたが、12時ごろ　ねました。
（注2）

　　日曜日の　朝　7時ごろ、「シャッ、シャッ」と　いう　音を　聞いて、おきました。雪は　もう　ふって　いませんでした。門の　外で、母が　雪かきを　して
（注3）
いました。日曜日で　がっこうも　休みなので　まだ　ねて　いたかったのですが、わたしも　おきて　雪かきを　しました。

　　近くの　子どもたちは、たのしく　雪で　あそんで　いました。

（注1）九州：日本の南の方の島。

（注2）つぎつぎに：一つのことやもののすぐあとに、同じことやものがくる。

（注3）雪かき：つもった雪を道の右や左にあつめて、通るところを作ること。

［翻譯］

　　星期六從傍晚開始下起雪了。

　　我居住的九州地區很少下雪。由於我是第一次看到下這麼多雪，所以非常開心。
（注1）

　　天空暗了下來，不斷地飄著潔白的雪花，那景象實在美極了。我在窗前望著雪
（注2）
看了好久，直到十二點左右才入睡。

　　在星期天早上七點左右，一陣「唰唰」聲響讓我醒了過來。雪已經停了。媽媽正
在門外剷雪。原本因為星期天我不必去上課，想要多睡一點，但我還是起床剷雪了。
（注3）

　　附近的孩子們玩雪玩得很開心。

（注1）九州：位於日本南方的島嶼。

（注2）不斷地：在一件事或物之後，同樣的事物接連而來。

（注3）剷雪：把積雪集中到道路左右兩旁，做出可通行的路。

●--

30 「わたし」は、どうして うれしく なりましたか。

1 土曜日の 夕方に 雪が つもったから

2 雪が ふるのが とても きれいだったから

3 雪を はじめて 見たから

4 雪が たくさん ふるのを はじめて 見たから

[翻譯]

[30]「我」為什麼感到很開心呢？

1 因為星期六的傍晚積了雪 2 因為下雪的景象非常美

3 因為第一次看到雪 4 因為第一次看到這麼多雪

[題解攻略]

答えは 4。「どうして」と聞いているので、うれしくなった理由を答える。理由は、「ので」や「から」の前にあるが、どこから始まっているかを考える。「わたし」が「初めて見た」のは「雪がふるの（ふること）」ではなく、「こんなにたくさん雪がふるの（ふること）」。例、

・こんなにおいしいケーキは初めて食べた。→「初めて食べた」のは、「ケーキ」ではなく、「こんなにおいしいケーキ」。

正確答案是 4。由於問的是「どうして（為什麼）」，所以回答高興的理由。理由在「ので（由於）」或「から（因為）」之前，所以要思考是從哪裡開始的。「わたし（我）」「初めて見た（第一次看到的）」並不是「雪がふるの（ふること）（下雪）」，而是「こんなにたくさん雪がふるの〈ふること〉（下了那麼多雪）」。舉例，

・我第一次吃到那麼美味的蛋糕。→「初めて食べた（第一次吃到的）」並不是「ケーキ（蛋糕）」，而是「こんなにおいしいケーキ（那麼美味的蛋糕）」。

答案：4

31 「わたし」は、日よう日の　朝　何を　しましたか。

1　７時に　おきて　がっこうに　行きました。

2　子どもたちと　雪で　あそびました。

3　朝　はやく　おきて　雪かきを　しました。

4　雪の　つもった　まちを　歩きました。

[翻譯]

[31]「我」在星期天的早晨做了什麼事呢？

1　七點起床後去上了課。

2　和孩子們一起玩了雪。

3　清晨醒來後去剷了雪。

4　走過在積雪的街道上。

[題解攻略]

答えは３。「わたしも起きて雪かきをしました。」とある。選択肢１は、本文に「学校も休みなので」とあるので×。選択肢２は、本文は「子どもたちは、…雪であそんでいました。」とあり、わたしは子どもたちといっしょにあそんでいないので×。選択肢４は、町を歩いたとは書いていないので×。

正確答案是３。從「わたしも起きて雪かきをしました。（我也起床一起去剷雪了。）」可以知道。而本文裡提到「学校も休みなので（由於學校也沒上課）」，所以選項１不是正確答案。本文裡雖然說「子どもたちは、…雪であそんでいました。（孩童們…在雪地裡玩耍了。）」但是我沒有和孩童們一起玩耍，所以選項２也不對。另外，題目並沒有寫到走在街上，所以選項４同樣是錯的。

答案：３

➤➤ 單字的意思

□ **土曜日**〔どようび〕／星期六，週六

□ **夕方**〔ゆうがた〕／傍晚

□ **雪**〔ゆき〕／雪；雪白

□ **降る**〔ふ〕／下（雪、雨等）；掉下

□ **こんな（に）**／這樣的，這麼，如此

□ **たくさん**／很多，許多；充分，足夠

□ **初めて**〔はじ〕／第一次，初次

□ **うれしい**／快樂的，高興的，愉快的

□ **暗い**〔くら〕／暗，昏暗；黑暗；陰沈

□ **空**〔そら〕／天空；天氣

□ **長い**〔なが〕／長的，遠的；長久的

□ **間**〔あいだ〕／期間；間隔；中間

□ **窓**〔まど〕／窗戶；窗口

□ **日曜日**〔にちようび〕／星期日，週日

□ **音**〔おと〕／聲音；聲響

□ **外**〔そと〕／外面；表面；外界

□ **休み**〔やす〕／休息；休假

□ **子ども**〔こ〕／小孩，孩子

□ **たち**／們（表複數）

□ **遊ぶ**〔あそ〕／玩，遊玩；遊蕩

□ **南**〔みなみ〕／南方

□ **後**〔あと〕／後面，後方；後來

□ **集める**〔あつ〕／集合，收集，集中

□ **通る**〔とお〕／經過，通過；來往；開通

□ **早い**〔はや〕／早；快，迅速；急

□ **町**〔まち〕／街區

➤➤ 文法的意思

□ **ので**／因為…所以…

□ **もう＋〔否定〕**／已經不…

□ **まだ＋〔肯定〕**／還…

□ **たい**／想做…

問題六　翻譯與題解

第6大題　請閱讀下方「圖書館相關規則」，並回答下列問題。請從選項1・2・3・4中，選出一個最適當的答案。

---

32 田中さんは　３月９日、日曜日に　本を　３冊　借りました。何月何日までに　返しますか。

1　３月 23 日
2　３月 30 日
3　３月 31 日
4　４月１日

としょかんの　きまり

○ 時間　午前　９時から　午後　７時まで
○ 休み　毎週　月曜日
　　＊また、毎月　30日（2月は28日）は、お休みです。

○ 1回に、一人　３冊まで　かりる　ことが　できます。
○ 借りる　ことが　できるのは　３週間です。
　　＊３週間あとの　日が　図書館の　休みの　日の　ときは、その　次の　日まで　にかえして　ください。

[翻譯]

[32] 田中先生在三月九號星期天借了三本書。 請問他在幾月幾號之前要歸還呢？

1　三月二十三號

2　三月三十號

3　三月三十一號

4　四月一號

圖書館相關規則

○ 開放時間　上午九點至下午七點
○ 休館日　　每週一
　　＊此外，每月30號（2月為28號）是休
　　　館日。

○ 每人每次限借閱三冊。
○ 借閱期限為三星期。
　　＊假如三星期後的到期日恰為圖書館的休館日，
　　　請於隔天之前歸還。

［題解攻略］

　　答えは4。「借りることができ
るのは3週間」とあるので、3月
9日（日曜日）から3週間後は3
月30日（日曜日）。しかし、「※
また、毎月30日は、お休みで
す。」「※～図書館の休みの日
のときは、その次の日までに…」
とある。30日の次の日は31日
（月曜日）だが、「休み　毎週
月曜日」とあるので、3月31日
の次の日、4月1日を選ぶ。

　　正確答案是4。由於「借りること
ができるのは3週間（可以借閱的期間
是三週）」，所以是從3月9日（星
期日）起到三週後的3月30日（星期
日）。但是，題目中提到「※（此外，
毎月30日是休館日。）」以及「※
（～每逢圖書館的休館日，應於隔天之
前…）」。雖然30日的隔天是31日（星
期一），可惜「休み　毎週月曜日（休
館日　每週一）」，所以最後選擇3月
31日的隔天，也就是4月1日。

答案：4

▶▶ 單字的意思

□ 下／下方；下去；低下；下達；
　　在…之下

□ 図書館／圖書館

□ 答える／回答；響應

□ 一番／最好；第一，最初

□ いい／好的

□ 選ぶ／選擇，挑選

□ 9 日／九號

□ 冊／本

□ 返す／歸還；返回；翻過來

□ 午前／上午

□ 午後／下午

□ 毎週／每星期，每週

□ 回／次，回

□ 一人／一人，一個人

▶▶ 文法的意思

□ を＋〔他動詞〕／表示影響、作用涉及到目的語的動作

□ から、…まで／從…到…

主題單字

■ 建築物

- 店／商店，店鋪
- レストラン／西餐廳
- 公園／公園
- 映画館／電影院
- 建物／建築物，房屋
- 銀行／銀行
- 病院／醫院
- デパート／百貨公司
- 郵便局／郵局
- 大使館／大使館
- 八百屋／蔬果店，菜舖
- ホテル／（西式）飯店，旅館
- 喫茶店／咖啡店

■ 季節氣象

- 春／春天，春季
- 雨／雨
- 寒い／（天氣）寒冷
- 夏／夏天，夏季
- 雪／雪
- 涼しい／涼爽，涼爽
- 秋／秋天，秋季
- 天気／天氣；晴天
- 曇る／變陰；模糊不清
- 冬／冬天，冬季
- 暑い／（天氣）熱，炎熱
- 晴れる／（雨，雪）停止，放晴
- 風／風

單字比一比

■ たべる vs. のむ

- たべる【食べる】／ 他下一 吃

  説明 把食物放到嘴裡咀嚼，嚥下去。

  例句 食べたい 物は、何でも 食べて く
  ださい。／喜歡吃的東西請隨意享用。

- のむ【飲む】／ 他五 喝，呑，嚥，吃（藥）

  説明 液體、氣體及粉粒等，嚥入體內的動作。

  例句 ちょっと 疲れましたね。何か 飲み
  ませんか。／有點累了吧？要不要喝點
  什麼？

◎ 哪裡不一樣呢？

- 食べる：需咀嚼。
- 飲む：不需咀嚼。

■ ならう vs. べんきょう

- ならう【習う】／ 他五 學習；模仿

  説明 向別人學習學問、技藝等的做法。有接受
  指導之意；也指依樣子做，仿效的意思。

  例句 母に 料理を 習いました。／我向媽
  媽學了烹飪。

- べんきょう【勉強】／ 名・自他サ 努力學
  習，唸書

  説明 指為掌握學問、知識和技能等而勤奮努
  力學習。

  例句 この 本を 使って 勉強します。／
  用這本書研讀。

◎ 哪裡不一樣呢？

- 習う：向別人學習。
- 勉強：自主學習。

■ あるく vs. はしる

- あるく【歩く】／自五 走路，步行

  説明 用腳走路。表示具體的動作。

  例句 町の 中を 歩くのが 好きです。
  ／我喜歡在街上散步。

- はしる【走る】／自五 （人，動物）跑步，奔跑；（車，船等）行駛

  説明 人或動物以比步行快的速度移動腳步前進；人和動物以外的物體，如汽車以高速移動之意。

  例句 車が 町を 走ります。／車子在路上行駛。

◎ 哪裡不一樣呢？

- 歩く：用腳走路。
- 走る：指跑，用腳快速向前移動。別受中文「走」的影響。

■ おりる vs. ふる

- おりる【下りる・降りる】／自上一【下りる】（從高處）下來，降落；【降りる】（從車，船等）下來

  説明 指人或物從高處向下方移動；也指從車、船等交通工具下來。

  例句 バスを 降ります。／從巴士下車。

- ふる【降る】／自五 落，下，降（雨，雪，霜等）

  説明 雨、雪等從天空落下。一般也用在很多細小的東西，從高高的地方落下之意。

  例句 雪が 降って、寒いです。／下雪了，好冷。

◎ 哪裡不一樣呢？

- 下りる・降りる：用於從高處或交通工具下來。
- 降る：從天空落下，多用於天氣。

■ ねる vs. やすむ

- ねる【寝る】／自下一 睡覺，就寢；躺下，臥

  説明 身體橫躺著休息，不去思考任何事；又指人類或動物使身體橫臥。

  例句 風邪を 引いて 寝て います。／感冒了，正在睡覺。

- やすむ【休む】／他五・自五 休息，歇息；停止；睡，就寢，請假，缺勤

  説明 把工作或活動停下，使身心的疲勞得以解除；把一直做的事，停止一段時間；就寢睡覺；沒去上課、上班。

  例句 風邪を 引いて、会社を 休みます。
  ／感冒了，向公司請假。

◎ 哪裡不一樣呢？

- 寝る：閉著眼讓身體休息。
- 休む：停下活動讓身體休息。

■ みる vs. みせる

- みる【見る】／他上一 看，觀看；瀏覽，觀看

  説明 用眼睛感覺物體的形狀、顏色等；透過視覺來判斷事物的內容。

  例句 天気が よくて、遠くまで よく 見えます。／天氣很好，能夠清楚看到遠處。

- みせる【見せる】／他下一 讓…看，給…看

  説明 在別人面前拿出某物，使別人能夠看見。

  例句 舌を 出して 医者に 見せました。
  ／伸出舌頭讓醫師診察了。

◎ 哪裡不一樣呢？

- 見る：自己看見。
- 見せる：讓別人看見。

問題四　翻譯與題解

第 4 大題　請閱讀下列（1）～（3）的文章，並回答問題。請從選項 1・2・3・4 中，選出一個最適當的答案。

● -

(1)

　　わたしは　大学生です。わたしの　父は　大学で　英語を　おしえて　います。母は　医者で、病院に　つとめて　います。姉は　会社に　つとめて　いましたが、今は　けっこんして、東京に　すんで　います。

27　「わたし」の　お父さんの　しごとは　何ですか。

1　医者
2　大学生
3　大学の　先生
4　会社員

[翻譯]

　　我是大學生。我爸爸在大學教英文；媽媽是醫師，在醫院工作；姊姊原本在公司上班，現在結婚了，住在東京。

[27]「我」爸爸的工作是什麼呢？

1　醫師

2　大學生

3　大學老師

4　公司職員

[題解攻略]

答えは 3。「わたしの父は大学で英語をおしえています」といっているので、3 の大学の先生が○。

正確答案是 3。題目說的是「わたしの父は大学で英語をおしえています（家父在大學教英文）」所以正確答案是 3 的大學教授。

答案：3

▸▸ 單字的意思

□ 大学生／大學生
□ 医者／醫生
□ 病院／醫院
□ 姉／姊姊；嫂子

□ 会社／公司
□ 今／現在，此時，目前
□ 結婚／結婚
□ 会社員／公司職員

▸▸ 文法的意思

□ ています／表示目前任職的工作

□ ています／正…

(2)

　これは、わたしが　とった　家族の　しゃしんです。父は　とても　背が　高く、母は　あまり　高く　ありません。母の　右に　立って　いるのは、母の　お父さんで、その　となりに　いるのが　妹です。　父の　左で　いすに　すわって　いるのは　父の　お　母さんです。

28　「わたし」の　家族の　しゃしんは　どれですか。

[翻譯]

　這是我拍的全家福相片。我爸爸身材很高，媽媽則不太高。站在媽媽右邊的是媽媽的爸爸，再隔壁的是我妹妹。坐在爸爸左邊椅子上的是爸爸的媽媽。

[28] 請問「我」的全家福相片是哪一張呢？

[題解攻略]

答えは3。父、母、母のお父さん、妹、父のお母さんの五人の写真。父と母がわかったら、あとの三人の場所を考えよう。「母の右」に二人、「父の左」に一人と言っている。そのように並んでいるのは、3の写真。

《他の選択肢》

1は、父の右に三人。

2は、母の左に二人、父の左に一人。

4は、母の右に二人、父の右に一人。

正確答案是3。照片裡有爸爸、媽媽、媽媽的爸爸、妹妹、爸爸的媽媽，總共五個人。如果不知道爸爸和媽媽在哪裡，可以從其他三人的位置來推測。題目說，「母の右（媽媽的右邊）」有兩個人，而「父の左（爸爸的左邊）」有一個人，符合這種排列方式的是選項3的照片。

《其他選項》

選項1，爸爸的右邊有三個人。

選項2，媽媽的左邊有兩個人，爸爸的左邊有一個人。

選項4，媽媽的右邊有兩個人，爸爸的右邊有一個人。

答案：3

≫ 單字的意思

□ これ／這，此

□ 背（せ・せい）／身高；背脊，後背

□ 高い（たか）／高的；地位高；程度高

□ 右（みぎ）／右，右邊，右側

□ 立つ（た）／站，立；冒，升；出發

□ お父さん（とう）／父親，爸爸

□ 妹（いもうと）／妹妹；小姑

□ 左（ひだり）／左邊，左邊，左側

□ 座る（すわ）／坐，跪坐

(3)

テーブルの　上に　たかこさんの　お母さんの　メモが　ありました。

> **たかこさん**
>
> 　午後から　出かける　ことに　なりました。7時ごろには　かえります。れいぞうこに　ぶたにくと　じゃがいもと　にんじんが　あるので、夕飯を　作って、まって　いて　ください。

Part
3

1

2

3

4

5

6

問題4　▼　翻譯與題解

29　たかこさんは、お母さんが　いない　あいだ、何を　しますか。

1　ぶたにくと　じゃがいもと　にんじんを　かいに　行きます。
2　れいぞうこに　入って　いる　もので　夕飯を　作ります。
3　7時ごろまで　お母さんの　かえりを　まちます。
4　学校の　しゅくだいを　して　おきます。

[翻譯]

桌上有一張貴子媽媽寫的留言紙條。

> 　貴子
> 　　我下午得出門一趟，最晚七點左右會回來。冰箱裡有豬肉和馬鈴薯以及紅蘿蔔，麻煩妳先做晚餐，等我回來一起吃。

[29] 請問貴子在媽媽不在家的這段期間會做什麼事呢？

1　去買豬肉和馬鈴薯以及紅蘿蔔。　　2　用冰箱裡的食材做晚飯。

3　等候媽媽七點左右到家。　　4　先做學校的功課。

答えは 2。質問は、「お母さんがいない間に、たかこさんがすること」を聞いている。

「お母さんがいない間に」は「お母さんがかえる前に」と同じ。メモには「れいぞうこに（ぶたにく～が）あるので、夕飯を作って、まっていてください」とあるので、選択肢 2「夕飯を作ります」が〇。

《他の選択肢》

1 は、買いに行ってください、とは書いていない。

3 は、問題文は、「お母さんがいない間にすること」を聞いているので、「お母さんのかえりをまちます」は不自然。

4 は、宿題のことは書いていない。

※「出かけることになりました」（動詞辞書形／ない形＋ことになりました）

自分の意志と関係なく、（出かける）ことが決まった、と言いたいときの言い方。

正確答案是 2。題目問的是「お母さんがいない間に、たかこさんがすること（媽媽不在的時候，貴子同學做了什麼事）」。

「お母さんがいない間に（媽媽不在的時候）」和「お母さんがかえる前に（媽媽回家前）」是同樣的意思。便條紙上寫著「れいぞうこに（ぶたにく～が）あるので、夕飯を作って、待っていてください（冰箱裡有〈豬肉～〉，妳先做晚飯，等媽媽回來）」，因此正確答案是 2「夕飯を作ります（做晚飯）」。

《其他選項》

選項 1，便條紙上沒有寫請她去買東西。

選項 3，題目問的是「お母さんがいない間にすること（媽媽不在的時候她做了什麼事）」，因此「お母さんのかえりを待ちます（等媽媽回來）」與題意不符。

選項 4，便條紙上沒有寫要她做功課。

※「出かけることになりました（出門了）」（動詞辭書形／ない形＋ことになりました）。

當想要表達，某件事（例如出門）已經決定了，不過這個決定與自己的意願無關，這時候就可以使用這種說法。

※「れいぞうこにぶたにく〜があるので、夕飯を作りって…」。この「ので」は、原因・理由ではなく、相手に情報を与えるときの言い方。例、

・社長はすぐに来ますので、もう少しお待ちください。

※「〜を作って、待っていてください」基本の文は、「〜を作って、待ちます」作りながら（作る状態で）待つという意味。例、

・わたしはいつも電気を消して、寝ます。

・みんなの前に立って、話しました。

※選択肢2の文「（れいぞうこに入っているもの）で作ります」の「で」、材料を表す。例、

・きれいな紙で箱を作ります。

※「れいぞうこにぶたにく〜があるので、夕飯を作って…」這裡的「ので」並不是解釋原因或理由，而是提供對方資訊時的說法。舉例，

・總經理馬上就來，請再稍待一下。

※「〜を作って、待っていてください」，基本句是「〜を作って、待ちます」，也就是一面做（在做的狀態中），一面等候的意思。舉例，

・我總是關燈睡覺。

・站在大家面前發表了意見。

※選項2的句子「（れいぞうこに入っているもの）で作ります（用〈冰箱裡現成的東西〉做）」，句中的「で」表示材料。舉例，

・用漂亮的紙張摺盒子。

答案：2

➠ 單字的意思

□ テーブル【table】／桌子，檯子

□ 出^でかける／外出，出門

□ 帰^{かえ}る／回來，回歸，回（家）；回去

□ 冷蔵庫^{れいぞうこ}／冰箱；冷藏室

□ 夕飯^{ゆうはん}／晚餐，晚飯

□ 作^{つく}る／做（菜）；製造；創造，創作；建立

□ 何^{なに}／什麼；哪個；任何

□ 宿題^{しゅくだい}／作業

➠ 文法的意思

□ …に…があります・います／在…有…

□ …と…／…和…

問題五　翻譯與題解

第5大題　請閱讀下列文章，並回答問題。請從選項1・2・3・4中，選出一個最適當的答案。

　　きのうは、中村さんと　いっしょに　音楽会に　行く　日でした。音楽会は　1時半に　はじまるので、中村さんと　わたしは、1時に　池田駅の　花屋の　前で　会う　ことに　しました。

　　わたしは、1時から、西の　出口の　花屋の　前で　中村さんを　まちました。しかし、10分すぎても、15分すぎても、中村さんは　来ません。わたしは、中村さんに　けいたい電話を　かけました。

　　電話に　出た　中村さんは「わたしは　1時10分前から　東の　出口の　花屋の　前で　まって　いますよ。」と　言います。わたしは、西の　出口の　花屋の　前で　まって　いたのです。

　　わたしは　走って　東の　出口に　行きました。そして、まって　いた　中村さんと　会って、音楽会に　行きました。

[翻譯]

　　昨天是我和中村小姐一起去聽音樂會的日子。因為音樂會是從一點半開始，所以中村小姐和我約好了一點在池田車站的花店門前碰面。

　　我從一點開始，便在車站西出口的花店前等候中村小姐。可是，過了十分鐘、十五分鐘，中村小姐還是沒來。我撥了中村小姐的行動電話。

　　接了電話的中村小姐說：「咦，我從十二點五十分就一直在東出口的花店前面等著耶！」然而，我一直在西出口的花店前面等她。

　　我於是跑去了東出口。這才和等在那裡的中村小姐見到面，一起去聽音樂會了。

30 中村さんが 来なかった とき、「わたし」は どう しましたか。

1 東の 出口で ずっと まって いました。

2 西の 出口に 行きました。

3 けいたい電話を かけました。

4 いえに かえりました。

[翻譯]

[30] 中村小姐一直沒來的時候，「我」採取了什麼行動呢？

1 一直在東出口等著她。

2 去了西出口。

3 撥了她的行動電話。

4 回家了。

[題解攻略]

　　答えは 3。質問は「中村さんが 来なかったとき」と聞いている。「10分すぎても…来ません。わたしは、中村さんにけいたい電話をかけました」とある。

《他の選択肢》

1 わたしが待っていたのは西の出口。

2 西の出口に行ったのは、中村さんが来なかったときより前。

4 家にかえったとは書いていない。

　　正確答案是 3。題目問的是「中村さんが来なかったとき（中村先生還沒來的時候）」，因此「10分すぎても…来ません。わたしは、中村さんにけいたい電話をかけました（過了十分鐘…還是沒來，我於是撥了中村先生的手機）」。

《其他選項》

選項 1，我是在西出口等候。

選項 2，我到西出口時，是在中村先生還沒來之前。

選項 4，這裡沒寫回家去了。

答案：3

31 中村さんは、どこで 「わたし」を まって いましたか。

1 西の 出口の 花屋の 前
2 東の 出口の 花屋の 前
3 音楽会を する ところ
4 中村さんの いえ

[翻譯]

[31] 中村小姐一直在哪裡等「我」呢？

1 西出口的花店前面

2 東出口的花店前面

3 舉辦音樂會的地方

4 中村小姐家

[題解攻略]

答えは2。中村さんが待っていた場所を答える。「電話に出た中村さんは『わたしは…東の出口の花屋の前でまっていますよ』と言います」とあるので2が○。

※「（会う）ことにしました」（動詞辞書形／ない形＋ことにしました）自分の意志で（会う）ことに決めた、と言いたいときの言い方。例、

・今日からたばこをやめることにしました。

※ 助詞に気をつけよう。

電話をかけます／電話に出ます。

バスを降ります／バスに乗ります。

正確答案是2。這裡要回答等候中村先生的地點。由於「電話に出た中村さんは『わたしは…東の出口の花屋の前で待っていますよ』と言います（中村先生接了電話，答稱『我…正在東出口的花店前面等你喔』）」所以正確答案是2。

※「（会う）ことにしました（〈見面〉了）」（動詞辭書形／ない形＋ことにしました），當想表達是出於自己的意願而決定了「見面」這個行為時，就可以使用這種說法。舉例，

・我從今天起決定戒菸了。

※ 請注意助詞。

打電話／接電話。

下巴士／搭巴士。

答案：2

➠單字的意思

□ 読^よむ／閱讀，讀，看

□ さん／先生，小姐

□ いっしょ／一起；同樣，一樣；共同行動

□ 音楽^{おんがく}／音樂

□ 会^{かい}／會；會議；集會

□ 日^ひ／日；日數，天數；太陽

□ 時^じ／時；時間，時候

□ 半^{はん}／半，一半；中途

□ 始^{はじ}まる／開始；發生，引起；起源

□ 花^{はな}／花；華麗

□ 屋^や／店，商店；房屋，房子；某種特質或性格的人

□ 前^{まえ}／前面，前方；前端；較早時候

□ 会^あう／見面，會面；偶遇，碰見

□ 西^{にし}／西方，西邊；西天

□ 出口^{でぐち}／出口；出水孔

□ しかし／然而，但是，可是

□ 過^すぎる／太，過度地

□ 来^くる／來；到來，來臨

□ 東^{ひがし}／東方，東邊

□ 走^{はし}る／跑；行駛

□ そして／然後；而且，又

□ どう／如何，怎麼；怎麼樣

□ ずっと／一直，始終；遠比…更；很久

□ どこ／哪裡；怎麼

□ ところ／地方，場所；住處；位置

➠文法的意思

□ と（いっしょに）／和…一起

□ 〔動詞〕＋〔名詞〕／…的

□ 〔時間〕＋に／在…

□ 〔場所〕＋で／在…

問題六　翻譯與題解

第 6 大題　請閱讀下方「郵件資費表」，並回答下列問題。請從選項 1・2・3・4 中，選出一個最適當的答案。

●- -

32　中山さんは、200 g の　手紙を　速達で　出します。いくらの　切手を
はりますか。

1　250 円　　　　　2　280 円　　　　　3　650 円　　　　　4　530 円

郵便 料金
(てがみや　はがきなどを　出すときの　お金)

定形郵便物*1	25g 以内*2	82 円
	50g 以内	92 円
定形外郵便物*3	50g 以内	120 円
	100g 以内	140 円
	150g 以内	205 円
	250g 以内	250 円
	500g 以内	400 円
	1 kg 以内	600 円
	2 kg 以内	870 円
	4 kg 以内	1,180 円
はがき	通常はがき	52 円
	往復はがき	104 円
速達*4	250g 以内	280 円
	1 kg 以内	380 円
	4 kg 以内	650 円

＊1　定形郵便物：郵便の　会社が　きめた　大きさで 50g ま
　　　での　てがみ。
＊2　25 g 以内：25g より　重く　ありません。
＊3　定形外郵便物：定形郵便物より　大きいか　小さいか、または
　　　重い　てがみや　にもつ。
＊4　速達：ふつうより　早く　つくこと。

[翻譯]

郵件資費
（信函、明信片等寄送資費一覽）

定型郵件[*1]	25 公克以內[*2]	82 日圓
	50 公克以內	92 日圓
非定型郵件[*3]	50 公克以內	120 日圓
	100 公克以內	140 日圓
	150 公克以內	205 日圓
	250 公克以內	250 日圓
	500 公克以內	400 日圓
	1 公斤以內	600 日圓
	2 公斤以內	870 日圓
	4 公斤以內	1,180 日圓
明信片	普通明信片	52 日圓
	附回郵明信片	104 日圓
限時專送[*4]	250 公克以內	280 日圓
	1 公斤以內	380 日圓
	4 公斤以內	650 日圓

＊1　定型郵件：在郵局規定的大小以內，重量不超過 50 公克的函件。
＊2　25 公克以內：重量不大於 25 公克。
＊3　非定型郵件：比定型郵件更大或更小，或者更重的函件或包裹。
＊4　限時專送：比普通郵件更早送達。

[32] 中山先生想要用限時專送寄出兩百公克的信，請問他該貼多少錢的郵票呢？

1　兩百五十日圓

2　兩百八十日圓

3　六百五十日圓

4　五百三十日圓

[題解攻略]

答えは 4。速達で出すときは、郵便料金に速達料金を足す。200g の手紙なので、「定型外郵便物」の「250g 以内」のところを見ると「250 円」とある。さらに、それを速達で出すので、「速達」の「250g 以内」のところを見ると「280 円」と書いてある。郵便料金 250 円に、速達料金 280 円を足すと、合計 530 円になる。

正確答案是 4。寄限時專送時，要補足限時專送的所需郵資。由於要寄送的是 200g 的信函，查表得知「定型外郵便物（非固定規格之郵件）」的「250g 以内（250g 以內）」為「250 円（250 圓）」。此外，因為要用限時專送寄件，再查「速達（限時專送）」欄位的「250g 以内（250g 以內）」，表上寫的是「280 円（280 圓）」。因此，郵資 250 圓加上限時專送 280 圓，合計是 530 圓。

答案：**4**

⋙ 單字的意思

□ グラム【gram】／公克

□ 手紙／信件，書信

□ 出す／寄出，發出；拿出，取出；呈現出；發生

□ いくら／多少錢

□ 切手／郵票；商品券

□ 張る・貼る／張貼；釘上去

□ はがき／明信片

□ 決める／決定，規定；指定；選定；約定；商定；斷定

□ 重い／重，沈重；不舒暢；遲鈍；重大

□ 大きい／大，巨大；多；高；大量

□ 小さい／小；微少，輕微；幼小；瑣碎；狹小

□ 荷物／包裹；行李；負擔

□ 普通／一般，普通，通常，平常；正常

□ 着く／到達，抵達；達到；運到

▸▸文法的意思

□ 〔方法、手段〕＋で／用…

□ …や…など／…和…等

主題單字

■ 家族

- お祖父さん（じ い）／祖父；老爺爺
- お祖母さん（ば あ）／祖母；老婆婆
- お父さん（とう）／父親；令尊
- 父（ちち）／家父，爸爸
- お母さん（か あ）／母親；令堂

- 母（はは）／家母，媽媽
- お兄さん（にい）／哥哥
- 兄（あに）／家兄；姐夫
- お姉さん（ね え）／姊姊
- 姉（あね）／家姊；嫂子

- 弟（おとうと）／弟弟
- 妹（いもうと）／妹妹
- 伯父さん・叔父さん（お じ）（お じ）／伯伯，叔叔
- 伯母さん・叔母さん（お ば）（お ば）／嬸嬸，舅媽

■ 方向位置

- 東（ひがし）／東方，東邊
- 西（にし）／西方，西邊
- 南（みなみ）／南方，南邊
- 北（きた）／北方，北邊
- 上（うえ）／上面；年紀大

- 下（した）／下面；年紀小
- 左（ひだり）／左邊，左手
- 右（みぎ）／右邊，右手
- 外（そと）／外面；戶外

- 中（なか）／裡面，內部
- 前（まえ）／前，前面
- 後ろ（うし）／後面；背地裡
- 向こう（む）／對面；另一側

單字比一比

■ おしえる vs. じゅぎょう

- おしえる【教える（おし）】／他下一 教授，指導；告訴

  說明 向對方傳授知識或技術等，使其掌握；又指把自己知道的事情轉達給別人。

  例句 どなたが　田中（た なか）さんですか。教えて（おし）　ください。／請告訴我哪一位是田中先生。

- じゅぎょう【授業（じゅぎょう）】／名・自サ 上課，教課，授課

  說明 指在學校裡把學問或技術教給人們。

  例句 あの　授業（じゅぎょう）は、とても　面白（おもしろ）いです。／那堂課非常有意思。

◎ 哪裡不一樣呢？

- 教える（おし）：傳授知識等，不限場所。
- 授業（じゅぎょう）：多用於在學校傳授學問等。

■ しごと vs. つとめる

- しごと【仕事（し ごと）】／名 工作；職業

  說明 指使用身體或頭腦工作；也指為了生活而從事的職務或工作。

  例句 仕事（し ごと）の　前（まえ）か　後（あと）に　電話（でん わ）を　します。／在工作前或後打電話。

- つとめる【勤める（つと）】／他下一 工作，任職

  說明 為了獲得金錢，成為某一組織的一份子，每天上班做一定的工作。

  例句 父（ちち）は　銀行（ぎんこう）に　勤めて（つと）　います。／家父目前在銀行工作。

◎ 哪裡不一樣呢？

- 仕事（し ごと）：指工作。名詞。
- 勤める（つと）：指任職。動詞。

■ すむ vs. いる

- すむ【住む】／_{自五} 住，居住
  - 說明 確定家的地點，並在那裡生活。
  - 例句 留學生たちは、ここに 住んで います。
    ／留學生們住在這裡。

- いる【居る】／_{自上一}（人或動物的存在）有，在；居住
  - 說明 人、動物等有生命的物體，在那裡可以看得見。指人或動物的存在；也指人或動物住在那裡。
  - 例句 黑くて 大きな 魚が 2匹 います。
    ／有兩條既黑又大的魚。

◎ 哪裡不一樣呢？
- 住む：指存在某處生活。
- いる：指存在。

■ くる vs. いく

- くる【来る】／_{自カ}（空間，時間上的）來，來到；到，到來
  - 說明 某事物在空間或時間上，朝自己所在的方向接近；到了某時期，或某時間。
  - 例句 日本語を 勉強しに 来ました。／為了學習日文而來到了這裡。

- いく【行く】／_{自五} 走；往，去；經過，走過
  - 說明 鄭重的說法是「ゆく」。人或動物離開現在的所在地點；去某一目的地，或為某一目的而去；表示經過那裡。
  - 例句 先週、上野へ 桜を 見に 行った。
    ／上星期去了上野賞櫻。

◎ 哪裡不一樣呢？
- 来る：接近現在所在地。來。
- 行く：遠離現在所在地。去。

■ はじまる vs. はじめる

- はじまる【始まる】／_{自五} 開始，開頭；發生
  - 說明 開始以前完全沒有的事物，進入新的局面；出現原來沒有的現象。
  - 例句 学校は 四月から 始まります。／學期從四月開始。

- はじめる【始める】／_{他下一} 開始，創始
  - 說明 表示開始新的行動、事物，開始做。
  - 例句 時間に なりました。試験を 始めます。
    ／時間到了，開始考試。

◎ 哪裡不一樣呢？
- 始まる：自動詞。開始以前完全沒有的事物。
- 始める：他動詞。開始新的行動。

■ まつ vs. まちあわせ

- まつ【待つ】／_{他五} 等候，等待
  - 說明 盼望人、事物的到來，盼望早日實現。
  - 例句 あなたは、まだ あの 人を 待っているの？／你還在等著那個人嗎？

- まちあわせ【待ち合わせ】／_名 等候，碰頭
  - 說明 事先決定好場所跟時間，在那裡等候對方到來。
  - 例句 東京駅の 前で 待ち合わせしましょう。
    ／我們在東京車站前面會合吧。

◎ 哪裡不一樣呢？
- 待つ：等待人事物的到來。
- 待ち合わせ：約定好時間場所，等待人來。

問題四　翻譯與題解

第 4 大題　請閱讀下列（1）～（3）的文章，並回答問題。請從選項 1・2・3・4 中，選出一個最適當的答案。

●---

（1）

　わたしは　学校の　かえりに、妹と　びょういんに　行きました。そぼが　びょうきを　して　びょういんに　入って　いるのです。

　そぼは、ねて　いましたが、夕飯の　時間に　なると　おきて、げんきに　ごはんを　食べて　いました。

[27]　「わたし」は、学校の　かえりに　何を　しましたか。

1　びょうきを　して、びょういんに　行きました。
2　妹を　びょういんに　つれて　行きました。
3　びょういんに　いる　びょうきの　そぼに　会いに　行きました。
4　びょういんで　妹と　夕飯を　食べました。

[翻譯]

　我放學回家的途中和妹妹一起去了醫院。因為奶奶生病住在醫院裡。

　奶奶本來在睡覺，但是到了晚飯的時間她就醒過來，而且很有精神地吃了飯。

[27]「我」在放學回家途中做了什麼事呢？

1　生病去醫院了。

2　帶妹妹去了醫院。

3　去探視了生病住院的奶奶。

4　和妹妹在醫院吃了晚飯。

[題解攻略]

答えは3。「妹とびょういんに行きました」「そぼがびょうきをしてびょういんに入っている」とある。

《他の選択肢》

1「びょうきをして」が×。「わたし」はびょうきではない。

2は、びょうきの妹をびょういんに連れていった、と理解できる。

4「そぼは…ご飯を食べていました」とあるので、夕飯を食べたのはそぼ。

正確答案是3。這題的意思是「妹とびょういんに行きました（和妹妹去了醫院）」及「そぼがびょうぎをしてびょういんに入っている（奶奶由於生病而正在住院）」。

《其他選項》

選項1的「びょうぎをして（由於生病〈而去醫院〉）」不對，因為「わたし（我）」沒有生病。

選項2這個選項的意思是帶生病的妹妹去了醫院。

選項4因為「そぼは…ご飯を食べていました（奶奶她…吃了飯）」，所以吃了晚飯的人是奶奶。

答案：**3**

▸▸單字的意思

□ 帰り／回家，回來

□ する／做；辦；使…成為

□ 入る／入（院）；進入；在內；放入

□ 寝る／睡覺；躺下；倒臥

□ 起きる／起床；起來，立起來；不睡；發生

□ 元気／精神，精力充沛；健康；硬朗

□ ご飯／飯；米飯

⋙ 文法的意思

□ ています／正在…

□ ています／…著

□ 〔形容動詞〕＋に＋〔動詞〕／…地

●---

(2)

　わたしの　つくえの　上の　すいそうの　中には、さかなが　います。くろくて　大きな　さかなが　２ひきと、しろくて　小さな　さかなが　３びきです。すいそうの　中には　小さな　石と、水草を　３本　入れて　います。

（注1）すいそう：魚などを入れるガラスのはこ。

（注2）水草：水の中にある草。

28　「わたし」の　水そうは　どれですか。

[翻譯]

　　擺在我桌上的水族箱裡有魚。有兩條既黑又大的魚，還有三條既白又小的魚。水族箱裡面有小石頭和三株水草。

　　（注１）水族箱：用來裝魚的玻璃箱。

　　（注２）水草：長在水裡的草。

[28]「我」的水族箱是哪一個呢？

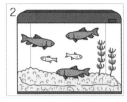
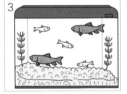
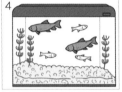

[題解攻略]

　　答えは 4。「くろくて大きなさかなが 2 ひきと、白くて小さなさかなが 3 びき」いるのは選択肢 3 か 4。「水草を 3 本入れて」いるのは 4。

※「大きな」「小さな」は、名詞を修飾することば。「大きい」「小さい」（形容詞）と同じ意味。

※「〜ひき」動物や魚は、1 ぴき、2 ひきと数える。

　　正確答案是 4。「くろくて大きなさかなが 2 ひきと、白くて小さなさかなが 3 びき（又黑又大的魚有兩隻，還有又白又小的魚有三隻）」符合這段敘述的是選項 3 和選項 4；此外，同時符合「水草を 3 本入れて（放進三株水草）」敘述的是選項 4。

※「大きな（大的）」及「小さな（小的）」是用來修飾名詞，和「大きい（大的）」及「小さい（小的）」（形容詞）語意相同。

※「〜ひき」，也就是中文的「〜隻」，通常用來作為計算魚和其他動物的量詞。

答案：4

▶▶單字的意思

□ 中（なか）／裡面；內部；當中，其中；中間

□ 魚（さかな）／魚，魚類

□ 黒い（くろ）／黑色，黑；髒

□ 大きな（おお）／大，巨大；重大

□ 匹・匹・匹（ひき・ぴき・びき）／隻，條，尾，頭；匹

□ 小さな（ちい）／小，微小

□ 本・本・本（ほん・ぼん・ぽん）／株，棵，根；條；瓶

□ 箱（はこ）／箱子，盒子，匣子

▶▶文法的意思

□ には／へは／とは／後面的「は」有特別強調前面名詞的作用

□ 〔形容詞〕＋くて＋〔形容詞、形容動詞〕／表示屬性的並列

問題4 ▼ 翻譯與題解

(3)

ゆきこさんの　つくえの　上（うえ）に、田中（たなか）さんからの　メモが　あります。

> **ゆきこさん**
>
> 　母（はは）が　かぜを　ひいて、しごとを　休（やす）んで　いるので、明日（あした）は
> パーティーに　行（い）く　ことが　できなく　なりました。わたしは、
> 今日（きょう）、7時（じ）には　家（いえ）に　帰（かえ）るので、電話（でんわ）を　して　ください。
>
> 　　　　　　　　　　　　　　　　　　　　　　　　　　　田中（たなか）

29 ゆきこさんは、5時に　家に　帰りました。何を　しますか。

1　田中さんからの　電話を　まちます。

2　7時すぎに　田中さんに　電話を　します。

3　すぐ　田中さんに　電話を　します。

4　7時ごろに　田中さんの　家に　行きます。

[翻譯]

雪子小姐的桌上擺著一張田中先生寫給她的紙條。

雪子小姐

　　由於家母染上風寒，請假在家休息，所以明天沒辦法去參加派對了。我今天會在七點前回到家，請打電話給我。

田中

---

[29] 雪子小姐五點回到家裡。請問她會做什麼事呢？

1　等候田中先生打電話過來。

2　在七點多打電話給田中先生。

3　馬上打電話給田中先生。

4　七點左右去田中先生家。

答えは2。メモに「7時には家に帰るので、電話をしてください」とある。ゆきこさんが帰った時間は5時（今5時）。田中さんは7時に帰るので、選択肢3は、「すぐ」ではなく。選択肢4の「7時すぎに電話をします」が○。

メモ「7時には家に帰るので」は、「帰る時間は、一番遅くて7時」という意味。「7時に帰ります」の「7時に」を助詞「は」が強調している。

正確答案是2。便條紙上寫的是「7時には家に帰るので、電話をしてください（我會在七點到家，請打電話給我）」。雪子小姐回去的時間是五點（現在就是五點），而田中先生是在七點回去，所以正確答案不是選項3的「すぐ（馬上）」，而是選項4的「7時すぎに電話をします（過了七點以後打電話）」。

便條紙上寫的「（7時には家に帰るので（我會在七點到家）」，意思是「帰る時間は、一番遅くて7時（我最晚會在七點回到家裡）」。也就是「7時に帰ります（在七點回去）」的「7時に（在七點）」加上助詞「は」以加強語氣。

答案：2

⋙單字的意思

□ 風邪／感冒

□ ひく／染上（感冒）；拉，拖

□ 仕事／工作；職業，職務

□ 休む／休息；停歇；就寢；缺勤

□ パーティー【party】／派對；會，集會；聚會

□ 今日／今天

□ 過ぎ／超過；過度，太；過分

□ すぐ／馬上，立刻；（關係，距離）靠近

⋙文法的意思

□ 〔動詞〕＋て／因為…

□ 〔到達點〕＋に／到

問題五　翻譯與題解

第5大題　請閱讀下列文章，並回答問題。請從選項1・2・3・4中，選出一個最適當的答案。

●- -

　　わたしは、まいにち　歩いて　学校に　行きます。けさは、おそく　おきたので、朝ごはんも　食べないで　家を　出ました。しかし、学校の　近くまで　きた　とき、けいたい電話を　わすれた　ことに　気が　つきました。わたしは、走って　家に
(注)
とりに　帰りました。けいたい電話は、へやの　つくえの　上に　ありました。

　　時計を　見ると、8時38分です。じゅぎょうに　おくれるので、じてんしゃで行きました。そして、8時46分に　きょうしつに　入りました。いつもは、8時45分に　じゅぎょうが　はじまりますが、その　日は　まだ　はじまって　いませんでした。。

（注）気がつく：わかる。

[翻譯]

　　我每天都走路去上學。今天早上很晚才起床，所以連早餐也沒吃就出門了。然而，快到學校附近的時候，才發現忘記帶行動電話了，我又跑回家去拿。行動電話
(注)
就擺在房間的桌上。

　　一看時鐘，已經八點三十八分了。這樣上課會遲到，於是我騎了自行車去。結果在八點四十六分進了教室。平常都是八點四十五分開始上課，但是那天還沒開始。

（注）發現：知道。

30 学校の　近くで、「わたし」は、何に　気が　つきましたか。

1　朝ごはんを　食べて　いなかった　こと
2　けいたい電話を　家に　わすれた　こと
3　けいたい電話は　つくえの　上に　ある　こと
4　走って　行かないと　じゅぎょうに　おくれる　こと

[翻譯]

[30] 快到學校附近的時候，「我」發現了什麼事？

1　沒吃早餐　　　　　　　　2　行動電話忘在家裡了

3　行動電話擺在桌上　　　　4　不用跑的就會遲到

[題解攻略]

　　答えは 2。「けいたい電話を
忘れたことに気がつきました」
とある。

　　正確答案是 2。這題的意思是「けい
たい電話を忘れたことに気がつきまし
た（發現忘記帶手機了）」。

答案：2

31 「わたし」は、何時何分に　きょうしつに　入りましたか。

1　8 時 38 分　　　　　　　2　8 時 40 分
3　8 時 45 分　　　　　　　4　8 時 46 分

[翻譯]

[31]「我」是在幾點幾分進到教室的呢？

1　八點三十八分　　　　　　2　八點四十分

3　八點四十五分　　　　　　4　八點四十六分

答えは 4。「8 時 46 分に教室に入りました」とある。

正確答案是 4。這題的意思是「8 時 46 分に教室に入りました（在八點四十六分進了教室）」。

答案：**4**

≫ 單字的意思

□ 一つ／一個；一人

□ 私／我

□ 毎日／每天，天天

□ 歩く／走路，步行；到處

□ 学校／學校

□ 行く／去；行進；到，前往

□ 遅い／慢的；晚的，來不及的；夜深的

□ 朝ご飯／早餐

□ 食べる／吃；生活

□ 近く／近處，附近；近期；近乎

□ 携帯電話／手機

□ 忘れる／忘掉；忘卻；遺忘

□ 家／家；房子；家族

□ 取る／拿；取；操作

□ 部屋／房間，室

□ 机／桌子，書桌，辦公桌

□ 上／上面，上方；高處；前半部分

□ 時計／時鐘，錶

□ 見る／看，觀看；觀察，查看

□ 分・分・分／分

□ 授業／授課，教課，上課

□ 遅れる／遲到，晚到；沒趕上；慢

□ 自転車／腳踏車

□ 教室／教室；研究室

□ いつも／總是，老是；經常，時常

□ 分かる／知道，明白；理解，懂得

➠文法的意思

□ 〔形容詞〕＋く＋〔動詞〕／…地

□ …は…にあります・います／…在…

□ …は…が、…は…／…，但…

□ まだ＋〔否定〕／還沒…，尚未…

第三回

問題六　翻譯與題解

第 6 大題　請閱讀下一頁，並回答下列問題。請從選項 1・2・3・4 中，選出一個最適當的答案。

32　山中さんは、7月から　アパートを　かりて、ひとりで　くらします。

すいはんきと　トースターを　同じ日に　安く　買うには　いつが　いいですか。山中さんは、仕事が　あるので、店に　行くのは　土曜日か　日曜日です。

（注1）すいはんき：ご飯を作るのに使います。

（注2）トースター：パンをやくのに使います。

1　7月16日　ごぜん　10時
2　7月17日　ごぜん　10時
3　7月18日　ごご　6時
4　7月19日　ごご　6時

オオシマ電気店
7月は　これが　安い！

7月中　安い！（7月1日〜31日）

せんぷうき

エアコン

1日だけ　安い！

7月16日（木）　7月17日（金）　7月18日（土）　7月19日（日）

| トースター ジューサー | すいはんき せんたくき | パソコン ドライヤー | トースター デジタルカメラ |

決まった　じかんだけ　安い！

7月15〜18日　ごぜん　10時　　7月18・19日　ごご　6時

トースター せんたくき

すいはんき れいぞうこ

⤙ ⤙ ⋆ ⋆ ⤙ ⤙ ⤙ ☆ ⤙ ⤙ ⤙ ⋆ ⋆ ⤙ ⤙ ⤙

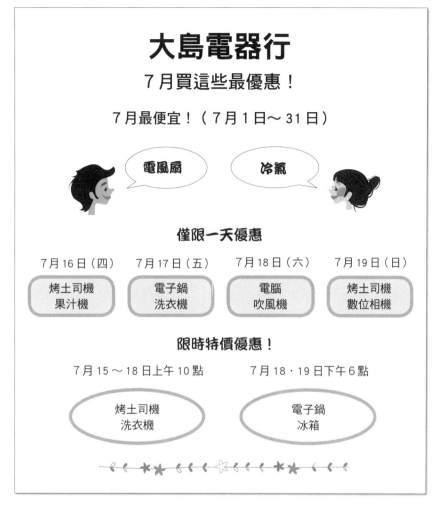

[32] 山中小姐從七月份以後就要搬進新租的公寓裡一個人住了。請問哪一天同時買
電子鍋和烤土司機最為優惠呢？由於山中小姐要上班，只有星期六或是星期日
能去商店購買。

（注1）電子鍋：用途為炊煮米飯。

（注2）烤土司機：用途為烤土司麵包。

1　七月十六號上午十點	2　七月十七號上午十點
3　七月十八號下午六點	4　七月十九號下午六點

[題解攻略]

答えは 4。問題文に「店に行くのは土曜日か日曜日」とある。「1 日だけ安い」の 19 日に「トースター」がある。「決まった時間だけ安い」の「18、19 日ごご 6 時」に「すいはんき」があるので、19 日ごご 6 時が○。

正確答案是 4。題目的意思是「店に行くのは土曜日か日曜日（固定在星期六或星期天去商店）」。還有，十九號有「1 日だけ安い（只有今天一天享有優惠特價）」的「トースター（烤麵包機）」促銷活動。另外，「決まった時間だけ安い（只限規定時期內有優惠特價）」的「18、19 日ごご 6 時（十八號和十九號下午六點）」販賣「すいはんき（電鍋）」，所以正確答案是十九號的下午六點。

答案：4

>> 單字的意思

□ ページ 【page】／頁

□ 下／下方；下去；低下；下達；在…之下

□ 月／月份

□ アパート 【apartment house】／公寓

□ 借りる／借用；暫用；得到幫助；取代

□ 安い／便宜；安心；輕率

□ 買う／購買

□ いつ／什麼時候，幾時；平時

□ 店／店家，商店

□ パン 【pão】／麵包；平底鍋

□ 電気／電燈；電，電氣；電力

□ 中／…中（正在做某事）

□ パソコン 【Personal Computer】／個人電腦

□ カメラ 【camera】／相機；攝影機

>> 文法的意思

□ 〔動詞〕＋て／表示行為的方法或手段　　□ だけ／只有，僅

主題單字

■ 學校

- **言葉**／語言，詞語
- **クラス**階級；班級
- **話**／說話，講話
- **英語**／英語，英文
- **授業**／上課，教課
- **病気**／生病，疾病
- **学校**／學校
- **図書館**／圖書館
- **風邪**／感冒，傷風
- **大学**／大學
- **ニュース**／新聞，消息
- **薬**／藥，藥品
- **教室**／教室；研究室

■ 學習

- **問題**／問題；事項
- **番号**／號碼，號數
- **作文**／作文
- **宿題**／作業，家庭作業
- **片仮名**／片假名
- **留学生**／留學生
- **テスト**／考試，試驗
- **平仮名**／平假名
- **夏休み**／暑假
- **意味**／意思，含意
- **漢字**／漢字
- **休み**／休息；休假
- **名前**／名字，名稱

單字比一比

■ びょういん vs. びょうき

- **びょういん【病院】**／㊊ 醫院

  說明 給門診或住院的病人或受傷者治療的地方。也指該建築物。

  例句 病気を して 病院に 入って いる。／生病了，目前住院中。

- **びょうき【病気】**／㊊ 生病，疾病

  說明 指身體有不正常的地方，感到疼痛或苦惱。也指這種狀態。

  例句 病気じゃ ありません。ちょっと 疲れただけです。／我沒生病，只是有點疲憊而已。

◎ 哪裡不一樣呢？
- 病院：指看病的地方。
- 病気：指生病。

■ かえす vs. かえる

- **かえす【返す】**／㊑ 還，歸還，退還；退回，送回

  說明 返還原處，拿回到原來的地方；又指從別人借來的東西，歸還給該人。

  例句 図書館に 本を 返して から、帰ります。／先去圖書館還書以後再回家。

- **かえる【帰る】**／㊒ 回到，回來，回家；歸去

  說明 人或動物回到原先的地方，或交通工具等回到原先的地方、原本該在的地方；回到自己的家或祖國。

  例句 仕事は まだ 終わりませんが、今日は もう 帰ります。／工作雖然還沒做完，今天就先回去吧。

◎ 哪裡不一樣呢？
- 返す：物品回到原處。
- 帰る：人或動物回到歸屬地。

■ はいる vs. いれる

- **はいる【入る】** ／ 自五 進，進入；加入；收入
  - 說明 某事物由外面向裡面移動；參加組織或團體；成為自己所有或管理的東西。
  - 例句 かばんに 何が 入って いますか？
    ／提包裡裝著什麼東西呢？

- **いれる【入れる】** ／ 他下一 放入，裝進，送進；新添；計算進去
  - 說明 把某東西從外向裡放，使新加入；包括在一起。
  - 例句 本を かばんに 入れます。／把書放進提包裡。

◎ 哪裡不一樣呢？
- **入る**：自動詞。某事物由外面向裡面移動。
- **入れる**：他動詞。把某東西從外往裡放。

■ たつ vs. おきる

- **たつ【立つ】** ／ 自五 立，站；站立；冒，升；出發
  - 說明 物體不離原地，呈上下豎立的狀態；又指坐著、臥著的人或動物站起來；從下面向上升起；也指向目的地出發。
  - 例句 みんなの 前に 立って、話しました。
    ／站在大家的前面說話了。

- **おきる【起きる】** ／ 自上一 (倒著的東西)起來，立起來，坐起來；起床
  - 說明 躺著的人或物立起來；又指睡醒及起身下床的意思。
  - 例句 わたしは 毎朝 早く 起きます。／
    我每天早上都很早起床。

◎ 哪裡不一樣呢？
- **立つ**：物體不離原地上下豎立。站立。
- **起きる**：倒著的東西豎立起來。起床。

■ でる vs. だす

- **でる【出る】** ／ 自下一 出來，出去；離開
  - 說明 從裡面向外面移動。相反詞是「入いる」(進入)；還有為了到別處去，從那裡離開。
  - 例句 家を 出た あとで、雨が 降って きました。／走出家門以後，下起雨來了。

- **だす【出す】** ／ 他五 拿出，取出；寄出；派出
  - 說明 使其從裡向外移動；又指郵寄信件或包裹；使其從某處到別處去。
  - 例句 手紙は 三日 前に 出しました。
    ／信在三天前就寄了。

◎ 哪裡不一樣呢？
- **出る**：自動詞。從裡面向外面移動。
- **出す**：他動詞。使其從裡向外移動。

■ わかる vs. しる

- **わかる【分かる】** ／ 自五 知道，明白；知道，了解；懂得，理解
  - 說明 對於事物的意思、內容、情況，能分析其邏輯，並有條理地理解；不清楚的事情，弄懂了；理解人的心情和人情。
  - 例句 先生、４番が 分かりませんでした。
    ／老師，我那時不懂四號選項是什麼意思。

- **しる【知る】** ／ 他五 知道，得知；懂得，理解；認識
  - 說明 對於事物的存在、發生，確實知道；對於事物的意思、內容、情況，能透過經驗或知識正確判斷，確實理解；見過面，能夠確定地辨識某人。
  - 例句 森進一という 歌手を 知って いる？
    ／你曉得一位名叫森進一的歌星嗎？

◎ 哪裡不一樣呢？
- **分かる**：了解原本已經存在的事物之實態。
- **知る**：經由知識、情報或經驗而來的「知道、了解」。

問題四　翻譯與題解

第 4 大題　請閱讀下列（1）～（3）的文章，並回答問題。請從選項 1・2・3・4 中，選出一個最適當的答案。

●---

（1）

　　今日は、午前中で　学校の　テストが　終わったので、昼ごはんを　食べた　あと、いえに　かえって　ピアノの　れんしゅうを　しました。明日は、友だちが　わたしの　うちに　来て、いっしょに　テレビを　見たり、音楽を　聞いたり　します。

27　「わたし」は、今日の　午後、何を　しましたか。

　1　学校で　テストが　ありました。
　2　ピアノを　ひきました。
　3　友だちと　テレビを　見ました。
　4　友だちと　音楽を　聞きました。

[翻譯]

　　今天因為上午學校的考試結束了，所以在吃完午餐之後就回家練習鋼琴了。明天朋友要來我家一起看看電視、聽聽音樂。

[27]「我」今天下午做了什麼呢？

1　在學校考了試。

2　彈了鋼琴。

3　和朋友看了電視。

4　和朋友聽了音樂。

［題解攻略］

答えは 2。問題は「今日の午後」。問題文に「今日は、…昼ごはんを食べたあと」とあるので、そのあとに書いてあることを選ぶ。「ピアノのれんしゅうをしました」とあるので、選択肢 2 が○。

正確答案是 2。題目問的是「今日の午後（今天下午）」。由於問題文中提到「今日は、…昼ごはんを食べたあと（今天…吃過午飯以後）」所以要選在午飯之後的事情。因為這個時段做的事情是「ピアノのれんしゅうをしました（練習了鋼琴）」，所以正確答案是 2。

答案：2

≫單字的意思

□ テスト【test】／測驗，考試；彩排

□ 終わる／完畢，結束

□ 昼ご飯／中餐，午餐

□ ピアノ【piano】／鋼琴

□ 練習／練習，反覆學習

□ うち／家裡，自家；家庭

□ テレビ【television】／電視

□ 聞く／聆聽；聽從，答應；詢問

≫文法的意思

□ たり、…たりします／又是…又是…

（2）

　わたしの　かぞくは、まるい　テーブルで　食事を　します。父は、大きな　いすに
すわり、父の　右側に　わたし、左側に　弟が　すわります。父の　前には、母が
すわり、みんなで　楽しく　話しながら　食事を　します。

[28]　「わたし」の　かぞくは　どれですか。

[翻譯]

　　我的家人圍著圓桌吃飯。我爸爸坐在大椅子上，坐在爸爸右邊的是我，左邊是
我弟弟。媽媽坐在爸爸的前面。全家人和樂融融地一邊交談一邊吃飯。

[28]「我」的家人是哪一張圖片呢？

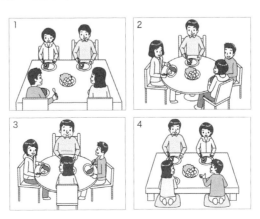

[題解攻略]

答えは3。「まるいテーブル」とあるので、選択肢2か3。「父の前には、母が」とあるので、選択肢3が○。

正確答案是 3。由於題目是「まるいテーブル（圓桌）」所以可能是選項 2 或選項 3；再加上「父の前には、母が（媽媽在爸爸前面）」，所以正確答案是 3。

答案：**3**

▸▸ 單字的意思

□ 家族（かぞく）／家族，家屬

□ まるい／圓的；圓滑的

□ 食事（しょくじ）／吃飯，用餐；飯，餐

□ 椅子（いす）／椅子；凳子；職位

□ 側（がわ）／側，某邊；方面，立場

□ みんな／大家，全體；全，都，皆

□ 楽しい（たの）／開心的，快樂的，高興的，愉快的

▸▸ 文法的意思

□ 〔形容詞〕＋〔名詞〕／…的…

□ が＋〔自動詞〕／表示無人為意圖發生的動作

中田<ruby>中<rt>なか</rt></ruby><ruby>田<rt>た</rt></ruby>くんの　<ruby>机<rt>つくえ</rt></ruby>の　<ruby>上<rt>うえ</rt></ruby>に　<ruby>松本先生<rt>まつもとせんせい</rt></ruby>の　メモが　ありました。

中田<ruby>中<rt>なか</rt></ruby><ruby>田<rt>た</rt></ruby>くん

　　<ruby>明日<rt>あした</rt></ruby>の　じゅぎょうで　つかう　この　<ruby>地図<rt>ちず</rt></ruby>を　50<ruby>枚<rt>まい</rt></ruby>　コピーして　ください。24<ruby>枚<rt>まい</rt></ruby>は　クラスの　<ruby>人<rt>ひと</rt></ruby>に　1<ruby>枚<rt>まい</rt></ruby>ずつ　わたして　ください。あとの　26<ruby>枚<rt>まい</rt></ruby>は、<ruby>先生<rt>せんせい</rt></ruby>の　<ruby>机<rt>つくえ</rt></ruby>の　<ruby>上<rt>うえ</rt></ruby>に　のせて　おいて　ください。

<ruby>松本<rt>まつもと</rt></ruby>

---

29 中田<ruby>中<rt>なか</rt></ruby><ruby>田<rt>た</rt></ruby>くんは、<ruby>地図<rt>ちず</rt></ruby>を　コピーして　クラスの　みんなに　わたした　あと、どう　しますか。

1　26<ruby>枚<rt>まい</rt></ruby>を　いえに　もって　<ruby>帰<rt>かえ</rt></ruby>ります。
2　26<ruby>枚<rt>まい</rt></ruby>を　<ruby>先生<rt>せんせい</rt></ruby>の　<ruby>机<rt>つくえ</rt></ruby>の　<ruby>上<rt>うえ</rt></ruby>に　のせて　おきます。
3　みんなに　もう　1<ruby>枚<rt>まい</rt></ruby>ずつ　わたします。
4　50<ruby>枚<rt>まい</rt></ruby>を　<ruby>先生<rt>せんせい</rt></ruby>の　<ruby>机<rt>つくえ</rt></ruby>の　<ruby>上<rt>うえ</rt></ruby>に　のせて　おきます。

[翻譯]

中田同學的桌上有一張松本老師留言的紙條。

中田同學

　　請把這張地圖影印五十份以供明天課程之用。其中的二十四張請發給全班一人一張，剩下的二十六張請放在老師的桌上。

松本

---

[29] 請問中田同學影印地圖並發給了全班同學之後，接下來該做什麼呢？

1　把二十六張帶回家裡。　　　　2　把二十六張放在老師桌上。

3　再加發給每個同學一張。　　　4　把五十張放在老師桌上。

[題解攻略]

答えは 2。「あとの 26 枚は、先生の机の上にのせておいてください」とあるので、選択肢 2 が○。

正確答案是 2。由於題目中提到「あとの 26 枚は、先生の机の上にのせておいてください（剩下的二十六張請擺在老師的桌子上）」，因此正確答案是 2。

答案：2

≫單字的意思

□ 君／君（接在朋友或晚輩名字後，表示親暱）

□ 使う／使用；玩弄；動用；花費

□ この／這，這個

□ 枚／張；頁；片；塊；件

□ コピー【copy】／影印；拷貝，複製；副本

□ クラス【class】／班級；等級，階級

□ ずつ／每，各（表示均攤）；表示反覆多次

□ 渡す／交付，交給；渡（河）；遍及

≫文法的意思

□ 〔對象（人）〕＋に／對…

□ 〔動詞〕＋て／表示行為動作依序進行

問題五　翻譯與題解

第5大題　請閱讀下列文章，並回答問題。請從選項1・2・3・4中，選出一個最適當的答案。

昨日は、そぼの たんじょうびでした。そぼは、父の お母さんで、もう、90歳になるのですが、とても 元気です。両親が 仕事に、わたしと 弟が 学校に 行ったあと、毎日 家で そうじや せんたくを したり、夕ご飯を 作ったり して、はたらいて います。

夕食、母は そぼの すきな りょうりを 作りました。父は、新しい ラジオをプレゼントしました。<u>わたしと 弟</u>は、ケーキを 買って きて、ろうそくを 9本立てました。

そぼは お酒を 少し のんだので、赤い 顔を して いましたが、とても、うれしそうでした。これからも ずっと 元気で いて ほしいです。

[翻譯]

　　昨天是祖母的生日。祖母是我爸爸的母親，雖然已經高齡九十歲了，但還是非常硬朗。每天爸媽去上班、我和弟弟去上學以後，祖母就在家裡打掃、洗衣服以及做晚飯，忙著做家事。

　　祖母生日那天晚餐，媽媽做了祖母喜歡的菜餚，爸爸送了一台新的收音機當作禮物，<u>我和弟弟</u>買來蛋糕，插上了九根蠟燭。

　　由於祖母喝了一點酒，臉都變紅了，但是她非常開心。希望祖母往後依然永遠老當益壯。

30 そぼの たんじょうびに、父は 何を しましたか。

1 そぼの すきな りょうりを 作りました。
2 新しい ラジオを プレゼントしました。
3 たんじょうびの ケーキを 買いました。
4 そぼが すきな お酒を 買いました。

[翻譯]

[30] 在祖母的生日這天，爸爸做了什麼事呢？

1 做了祖母喜歡的菜餚。
2 送了一台新的收音機當作禮物。
3 買了生日蛋糕。
4 買了祖母喜歡的酒。

[題解攻略]

答えは 2。「父は、新しいラジオをプレゼントしました」とある。

《他の選択肢》

1 は、母はそぼの好なりょうりを…。

3 は、わたしと弟は、ケーキを買って来て、…。

4 は、「そぼは酒を少しのんだので」とあるが、父がプレゼントしたとは言っていない。

正確答案是 2。題目中提到「父は、新しいラジオをプレゼントしました（爸爸送了一台新收音機當作禮物）」。

《其他選項》

選項 1，媽媽把奶奶喜歡的菜…。

選項 3，我和弟弟買來蛋糕…。

選項 4，雖然提到「そぼはお酒を少しのんだので（因為奶奶喝了一點酒）」但是沒有說是爸爸送的。

答案：2

31 わたしと 弟は ケーキを 買って きて、どう しましたか。

1 ケーキを 切りました。

2 ケーキに 立てた ろうそくに 火を つけました。

3 ケーキに ろうそくを 90本 立てました。

4 ケーキに ろうそくを 9本 立てました。

[翻譯]

[31] 我和弟弟買來蛋糕以後，怎麼處理呢？

1 切了蛋糕。

2 將插在蛋糕上的蠟燭點燃了。

3 在蛋糕上插了九十根蠟燭。

4 插在蛋糕上插了九根蠟燭。

[題解攻略]

答えは 4。「ケーキを 買って 来て、ろうそくを 9本立てました」とある。

正確答案是 4。題目中提到「ケーキを買ってきて、ろうそくを9本立てました（買來蛋糕，插上了九支蠟燭）」。

答案：**4**

▸▸ 單字的意思

□ 祖母（そぼ）／祖母，奶奶，外婆

□ 誕生日（たんじょうび）／生日，生辰

□ お母さん（かあ）／媽媽，母親

□ 歳（さい）／歲，年齡；年；歲月

□ とても／非常，很；無論如何也，
　怎麼也

□ 両親（りょうしん）／雙親，父母

□ 掃除（そうじ）／打掃，掃除

□ 洗濯（せんたく）／洗衣服；洗，洗滌

□ 夕ご飯（ゆうはん）／晚飯，晚餐

□ 作る（つく）／做（菜）；製造；創造，
　創作；建立

□ 働く（はたら）／工作，勞動；起作用

□ 好き（す）／喜歡，喜愛，喜好；嗜好

□ 料理（りょうり）／料理，烹調

□ 新しい（あたら）／新的；新鮮的

□ ラジオ【radio】／收音機；廣播

□ プレゼント【present】／禮
　物；贈品；送禮

□ ケーキ【cake】／蛋糕，西式
　點心

□ お酒（さけ）／酒

□ 少し（すこ）／一點，有點，一些，
　少許，稍微

□ 飲む（の）／喝；吃（藥）；吞；
　吸進（煙）

□ 赤い（あか）／紅，紅色

□ 顔（かお）／臉；面孔；表情，神色

□ 切る（き）／切，割；中斷，斷絕；
　除去

□ 火（ひ）／火，火焰

□ つける／點（火），點燃；
　扭開，打開

▸▸ 文法的意思

□ …は…です／…是…

□ もう＋〔肯定〕／已經…

□ 〔名詞〕＋に＋なります／變成…

□ 〔名詞〕＋の／用「の」代替「が」修飾主語

問題六　翻譯與題解

第 6 大題　請閱讀下面的「通知單」，並回答下列問題。請從選項 1・2・3・4 中，選出一個最適當的答案。

---

32 吉田さんが　午後　6時に　家に　帰ると、下の　お知らせが　とどいて
いました。

あしたの　午後　6時すぎに　荷物を　とどけて　ほしい　ときは、0120-○××-
△×× に　電話を　して、何ばんの　番号を　おしますか。

1　06124

2　06123

3　06133

4　06134

お　し　ら　せ

やまねこたくはいびん

吉田様
　6月12日　午後　3時に　荷物を　とどけに　来ましたが、だれも
いませんでした。また　とどけに　来ますので、下の　電話番号に
電話を　して、とどけて　ほしい　日と　時間の　番号を、おして
ください。

電話番号 0120 - ○×× - △××

○とどけて　ほしい　日
　　番号を　4つ　おします。
　　れい　3月15日　⇒　0315

○とどけて　ほしい　時間
　　下から　えらんで、その　番号を　おして　ください。
　　【1】午前中
　　【2】午後1時～3時
　　【3】午後3時～6時
　　【4】午後6時～9時
　　れい　3月15日の　午後　3時から　6時までに　とどけて　ほしい　とき。
　　⇒ 03153

[翻譯]

通知單

山貓宅配

吉田先生

我們於 6 月 12 日下午 3 點送貨至府上，但是無人在家。
我們會再次配送，請撥打下列電話，告知您希望配送的
日期與時間的代號。

電話號碼 0 1 2 0 － 〇 × × － △ × ×

〇首先是您希望配送的日期
　請按下 4 個號碼。
　例如　3 月 15 日→ 0 3 1 5

〇接著是您希望配送的時間
　請由下方時段選擇一項，按下代號。
　【 1 】上午
　【 2 】下午 1 點～ 3 點
　【 3 】下午 3 點～ 6 點
　【 4 】下午 6 點～ 9 點
　例如　您希望在 3 月 15 日的下午 3 點至 6 點配送到貨：
　→ 0 3 1 5 3

[32] 吉田先生在下午六點回到家後，收到了如下的通知。

　如果吉田先生希望在明天下午六點多左右收到包裹的話，應該要撥電話到 0120
－〇 × × －△ × ×，接著再按什麼號碼呢？

1　06124

2　06123

3　06133

4　06134

答えは 4。荷物をとどけてほしい日と時間を、番号で表す問題。「あしたの午後 6 時すぎに荷物をとどけてほしい」とある。今日は 6 月 12 日。荷物をとどけてほしい日は、6 月 13 日。番号は 0613。とどけてほしい時間は、6 時すぎ。番号は 4。

正確答案是 4。這題問的是，以號碼表示希望貨物送達的日期和時間。題目說的是「あしたの午後 6 時すぎに荷物をとどけてほしい（希望貨物在明天下午 6 點過後送達）」。今天是 6 月 12 號，而希望貨物送達的日期是 6 月 13 號，編碼為 0613，至於希望送達的時間則是 6 點過後，所以號碼要選 4。

答案：4

⋙ 單字的意思

□ 質問／問題，疑問

□ 届く／送達；收到；達到

□ 届ける／送給；送去；送到

□ 電話／電話

□ 何／幾，多少；何，什麼

□ 番／號；班

□ 番号／號碼

□ 押す／按，壓；推，擠；按印

□ 様／先生，小姐

□ 日／日期

□ 日／日，天；週日

□ 誰／誰

□ また／還，再，又

□ 四つ／四個；四歲

□ れい／例，例子；常例，慣例

⋙ 文法的意思

□ 〔自動詞〕＋ています／…著，已…了

□ 〔疑問詞〕＋も＋〔否定〕／…都不…

主題單字

■ 娛樂嗜好

- **映画**／電影
- **音楽**／音樂
- レコード／唱片，黑膠唱片
- テープ／膠布；錄音帶

- ギター／吉他
- **歌**／歌曲
- **絵**／圖畫，繪畫
- カメラ／照相機；攝影機

- フィルム／底片；影片
- **外国**／外國，外洋
- **国**／國家；國土
- **荷物**／行李，貨物

■ 位置、距離、重量等

- **隣**／鄰居；隔壁
- **側**／**傍**／旁邊；附近
- **横**／寬；旁邊
- **角**／角；角落
- **近く**／近旁；近期

- **辺**／附近；程度
- **先**／早；前端
- キロ（グラム）／千克，公斤
- グラム／公克
- キロ（メートル）一千公尺，一公里

- メートル／公尺，米
- **半分**／一半，二分之一
- **次**／下次；其次
- **幾ら**／多少（錢，數量等）

單字比一比

■ おわる vs. とまる

- **おわる【終わる】**／自五 完畢，結束，終了

  説明 事情或動作到了最後的階段，不再繼續下去，有「完了」之意。

  例句 試験が 終わったら、ラーメンを 食べに 行きましょう。／等考完試以後，我們一起去吃拉麵吧。

- **とまる【止まる】**／自五 停，停止，停頓；中斷，止住

  説明 人、交通工具和機器等動的東西停止活動力；也指發出的東西不出了，或連續的東西斷了。

  例句 バスが バス停に 止まりました。／巴士在站牌停了下來。

◎ 哪裡不一樣呢？
  - **終わる**：持續的事物停止。
  - **止まる**：人、交通工具和機器等動的東西停止。

■ こたえる vs. きく

- **こたえる【答える】**／自下一 回答，答覆；解答

  説明 對對方的詢問或招呼，以語言或動作回答；又指分析問題，提出答案。

  例句 質問に 答えて ください。／請回答問題。

- **きく【聞く】**／他五 聽，聽到；聽從，答應；詢問

  説明 用耳朵感受音、聲、話等，理解其內容；答應要求；為了請教不明白的事情，詢問別人。

  例句 ３０人の 子どもに 一番 好きな 食べ物を 聞きました。／詢問了三十個小孩什麼是他們最喜歡的食物。

◎ 哪裡不一樣呢？
  - **答える**：回答問題。
  - **聞く**：聆聽。也有提問之意。

■ いう vs. はなす

- **いう【言う】**／ 自・他五 說，講
  - 説明 把心裡想的事，用語言表達。也包括經過整理的內容，又書面都可以用。類似「話す」。
  - 例句 木村さんは、 明日 パーティーで 歌を 歌うと いって います。／聽說木村先生明天將在酒會上高歌一曲。

- **はなす【話す】**／ 他五 說，講；交談，商量
  - 説明 用有聲語言傳達事情或自己的想法；也有與對方交談、溝通之意。
  - 例句 彼に 何を 話しましたか？／你跟他說了什麼？

◎ 哪裡不一樣呢？
  [・言う：把心裡想的事，用語言表達。交談不一定要有對象。
    ・話す：用有聲語言傳達想法；交談要有對象。

■ すわる vs. つく

- **すわる【座る】**／ 自五 坐，跪座；就（要職）
  - 説明 使膝蓋彎曲，使腰部落下。含括坐椅子或坐地上。相反詞是「立つ」；也指就重要職位。
  - 例句 この 本屋には 椅子も あって、座って 読んでも いいんです。／這家書店還擺了椅子，可以坐下來看書沒關係。

- **つく【着く】**／ 自五 到，到達，抵達，寄到；席，入座
  - 説明 移動位置，到達某一場所、地點；人佔據某位子。
  - 例句 駅に 着いて、電話を します。／到車站後打電話。

◎ 哪裡不一樣呢？
  [・座る：表示坐的動作。
    ・着く：表示到達某地方。

■ わたす vs. わたる

- **わたす【渡す】**／ 他五 交給，交付；送到
  - 説明 從一人手裡移交到另一人手裡；又指把人或物越過某一空間，從這邊送到那邊。
  - 例句 あなたの お姉さんに この 手紙を 渡して ください。／請把這封信轉交給令姊。

- **わたる【渡る】**／ 自五 渡，過（河）
  - 説明 搭乘交通工具、走路或是游泳，通過路、河川、海等到達另一側。
  - 例句 船に 乗って、川を 渡ります。／搭船渡過河川。

◎ 哪裡不一樣呢？
  [・渡す：交給他人。
    ・渡る：越過某地到另一側。

■ ある vs. もつ

- **ある【有る】**／ 自五 有，持有，具有
  - 説明 表示無生命的東西、植物、事物等的存在。
  - 例句 鉛筆は ありますが、ペンは ありません。／我有鉛筆，但是沒有鋼筆。

- **もつ【持つ】**／ 他五 拿，帶，持，攜帶
  - 説明 用手拿著。又指東西帶在身上，或是拿手上，或是放在口袋、皮包裡。
  - 例句 百円玉を いくつ 持って いますか？／你身上有幾枚百圓硬幣呢？

◎ 哪裡不一樣呢？
  [・ある：東西的存在。
    ・持つ：東西的所有。

問題四　翻譯與題解

第 4 大題　請閱讀下列（1）～（3）的文章，並回答問題。請從選項 1・2・3・4 中，選出一個最適當的答案。

● -

（1）

　昨日、スーパーマーケットで、トマトを　三つ　100 円で　売って　いました。わたしは　「安い！」と　言って、すぐに　買いました。帰りに　家の　近くの　八百屋さんで　見たら　もっと　大きい　トマトが　四つで　100 円でした。

27　「わたし」は、トマトを、どこで　いくらで　買いましたか。

1　スーパーで　三つ　100 円で　買いました。

2　スーパーで　四つ　100 円で　買いました。

3　八百屋さんで　三つ　100 円で　買いました。

4　八百屋さんで　四つ　100 円で　買いました。

[翻譯]

　昨天超級市場三個蕃茄賣一百日圓。我喊了聲「好便宜！」，馬上買了。回家的路上到家附近的蔬果店一看，發現更大顆的蕃茄四個才賣一百日圓。

[27]「我」在什麼地方用多少錢買了蕃茄呢？

1　在超級市場買了三個一百日圓的番茄。

2　在超級市場買了四個一百日圓的番茄。

3　在蔬果店買了三個一百日圓的番茄。

4　在蔬果店買了四個一百日圓的番茄。

　答えは 1。「わたしは…すぐ に買いました」とある。

　正確答案是 1。應該選擇「わたし は…すぐに買いました（我…馬上就買 了）」。

答案：1

▸▸ **單字的意思**

□ 昨日（きのう）／昨天

□ スーパー（マーケット） 【supermarket】／超市

□ トマト【tomato】／番茄

□ 三つ（みっ）／三個；三歲

□ 円（えん）／日幣；圓，圓形；圓滑

□ 売る（う）／販賣，銷售；出賣

□ 八百屋（やおや）／蔬果店

□ もっと／更，更加

▸▸ **文法的意思**

□ 〔引用內容〕＋と／表示説了或寫了什麼

□ 〔數量〕＋で＋〔數量〕／共…

（2）

　今朝、わたしは　公園に　さんぽに　行きました。となりの　いえの　おじいさんが
木の　下で　しんぶんを　読んで　いました。

28　となりの　いえの　おじいさんは　どれですか。

[翻譯]

　今天早上我去了公園散步。住隔壁的爺爺坐在樹下看著報紙。

[28] 請問隔壁的爺爺是哪一位呢？

答えは 1。「しんぶんを読んで」いるのは 1。

正確答案是 1。「しんぶんを読んで（正在看報紙）」的是 1。

答案：1

▶▶ **單字的意思**

□ 今朝／今天早上

□ 公園／公園

□ 散歩／散步

□ 隣／隔壁，旁邊；鄰居

□ おじいさん／老爺爺；祖父；外公

□ 木／樹木；木頭，木材

□ 新聞／報紙

□ どれ／哪個

⋯⋯⋯⋯⋯⋯⋯⋯⋯⋯⋯⋯⋯⋯⋯⋯⋯⋯⋯⋯⋯⋯⋯⋯⋯⋯⋯⋯⋯⋯⋯⋯⋯⋯

▶▶ **文法的意思**

□ 〔場所〕＋へ／に＋〔目的〕＋に／到⋯（做某事）

□ 〔句子〕＋か／⋯嗎

(3)

とおるくんが　学校から　お知らせの　紙を　もらって　きました。

ご家族の　みなさまへ　お知らせ

　3月25日（金曜日）　朝　10時から、学校の　体育館で　生徒の
音楽会が　あります。
　生徒は、みんな　同じ　白い　シャツを　着て　歌いますので、それま
でに　学校の　前の　店で　買って　おいて　ください。
　体育館に　入る　ときは、入り口に　ならべて　ある　スリッパを
はいて　ください。写真は　とって　いいです。

〇〇高等学校

29　お母さんは　とおるくんの　音楽会までに　何を　買いますか。

1　スリッパ
2　白い　ズボン
3　白い　シャツ
4　ビデオカメラ

[翻譯]

徹同學從學校拿到了一張通知單。

給同學家人們的通知函

三月二十五日（星期五）早上十點起，本校將於體育館舉辦學生音樂成果發表會。

由於全體同學必須穿著同樣的白襯衫唱歌，請先至位於學校前方的店鋪購買。

進入體育館時，請換穿擺放在入口處的拖鞋。會場內歡迎拍照。

〇〇高中

---

[29] 請問媽媽在徹同學參加音樂成果發表會之前，會買什麼東西呢？

1　拖鞋

2　白長褲

3　白襯衫

4　錄影機

[題解攻略]

答えは3。「白いシャツを着て歌います…買っておいてください」とある。

正確答案是3。應該選擇「白いシャツを着て歌います…買っておいてください（穿著白色襯衫在唱歌…請買下來）」。

答案：3

➠ 單字的意思

□ 紙（かみ）／紙，紙張

□ 金曜日（きんようび）／星期五，週五

□ 生徒（せいと）／學生

□ 歌う（うた）／唱歌；吟誦

□ 入り口（いりぐち）／入口

□ 並べる（なら）／排列；並排；擺，陳列

□ スリッパ【slipper】／拖鞋

□ 高等学校（こうとうがっこう）／高中

➠ 文法的意思

□ 〔起點（人）〕＋から／從…

□ をもらいます／得到…

問題五　翻譯與題解

第 5 大題　請閱讀下列文章，並回答問題。請從選項 1・2・3・4 中，選出一個最適當的答案。

● -

　　去年、わたしは　友だちと　沖縄に　りょこうに　行きました。沖縄は、日本の　南の　ほうに　ある　島で、海が　きれいな　ことで　ゆうめいです。

　　わたしたちは、飛行機を　おりて　すぐ、海に　行って　泳ぎました。その　あと、古い　お城を　見に　行きました。お城は　わたしの　国の　ものとも、日本で　前に　見た　ものとも　ちがう　おもしろい　たてものでした。友だちは　その　しゃしんを　たくさん　とりました。

　　お城を　見た　あと、4時ごろ、ホテルに　向かいました。ホテルの　門の　前で、ねこが　ねて　いました。とても　かわいかったので、わたしは　その　ねこの　しゃしんを　とりました。

（注）お城：大きくて　りっぱな　たてものの　一つ。

[翻譯]

　　去年我和朋友去了沖繩旅行。沖繩是位於日本南方的島嶼，以美麗的海景著稱。

　　我們一下了飛機，立刻去了海邊游泳。游完泳後再去參觀了一座古老的城堡。那座城堡和我國家的城堡，或是我以前在日本看過的其他城堡都不一樣，是一座很有意思的建築。朋友拍下了很多張城堡的照片。

　　看完城堡以後，大約四點左右，我們前往旅館。在旅館的門前有一隻貓咪在睡覺。那隻貓咪實在長得太可愛了，所以我拍了很多張那隻貓咪的照片。

（注）城堡：規模宏大又氣派的一種建築物。

30 わたしたちは、沖縄（おきなわ）に ついて はじめに 何（なに）を しましたか。

1 古（ふる）い お城（しろ）を 見（み）に 行（い）きました。
2 ホテルに 入（はい）りました。
3 海（うみ）に 行（い）って しゃしんを とりました。
4 海（うみ）に 行（い）って 泳（およ）ぎました。

[翻譯]

[30] 我們一到達沖繩，最先做了什麼事？

1 去看了古老的城堡。
2 進了旅館。
3 去了海邊拍照。
4 去了海邊游泳。

[題解攻略]

答（こた）えは 4。「飛行機（ひこうき）をおりてすぐ、海（うみ）に 行（い）って 泳（およ）ぎました」とある。「飛行機（ひこうき）をおりてすぐ」と、問題（もんだい）の「沖縄（おきなわ）についてはじめに」は 同（おな）じ意味（いみ）。

正確答案是 4。應該選「飛行機をおりてすぐ、海に行って泳ぎました（一下飛機就馬上到海邊游泳）」。因為「飛行機をおりてすぐ（一下飛機就馬上）」和題目裡的「沖縄についてはじめに（抵達沖繩之後的第一件事）」是一樣的意思。

答案：4

31 「わたし」は、何の　しゃしんを　とりましたか。

1　古い　お城の　しゃしん

2　きれいな　海の　しゃしん

3　ホテルの　前で　ねて　いた　ねこの　しゃしん

4　お城の　門の　上で　ねて　いた　ねこの　しゃしん

[翻譯]

[31]「我」拍了什麼照片呢？

1　古老城堡的照片

2　美麗海景的照片

3　睡在旅館門前的貓咪的照片

4　睡在城堡門上的貓咪的照片

[題解攻略]

答えは 3。「ホテルの門の前で、ねこがねていました。…わたしはそのねこのしゃしんをとりました」とある。

《他の選択肢》

1 は、古いお城のしゃしんをとったのは、友だち。

2 は、海のしゃしんをとったとは書いてない。

4 は、お城を見たあと、ホテルに行った。ねこがいたのはホテルの門の前。

正確答案是 3。應該選「ホテルの門の前で、ねこがねていました。…わたしはそのねこのしゃしんをとりました（有隻貓咪就睡在旅館的門前。…我拍下了那隻貓咪的照片。）」

《其他選項》

選項 1，拍了古城照片的是朋友。

選項 2，沒有寫拍了海景的照片。

選項 4，參觀古城以後去了旅館，而貓咪的所在位置是旅館的門前。

答案：3

▸▸ 單字的意思

□ 去年（きょねん）／去年

□ 友達（ともだち）／朋友

□ 旅行（りょこう）／旅行，旅遊

□ 方（ほう）／方，方向；方面；方法

□ 海（うみ）／海，海洋

□ きれい／漂亮；乾淨

□ 有名（ゆうめい）／有名，著名

□ 飛行機（ひこうき）／飛機

□ 降りる（お）／下（交通工具）；下來；下降

□ 泳ぐ（およ）／游泳；穿過

□ 古い（ふる）／古老，陳舊，年老；不新鮮；落後

□ 国（くに）／國家；國土；家鄉；領地

□ 物（もの）／東西，物品，事物

□ 違う（ちが）／不同，差別；錯誤

□ おもしろい／有趣的，新奇的；好玩的；可笑的

□ 建物（たてもの）／建築物，房屋

□ その／那個；那件事

□ 写真（しゃしん）／照片

□ たくさん／許多；充分，足夠

□ 撮る（と）／拍攝；照相；攝影

□ ごろ／時候，左右；正適合的時候

□ ホテル【hotel】／旅館，飯店

□ 門（もん）／門；難關

□ 猫（ねこ）／貓

□ かわいい／可愛的，討人喜歡的；精巧可愛的

□ 立派（りっぱ）／壯麗，宏偉；美麗，華麗；優秀，出色

□ 初めに（はじ）／最初，首先

▸▸ 文法的意思

□ 〔離開點〕＋を／表示離開某場所

□ 〔目的語〕＋を／表示動作涉及到「を」前面的對象

□ 〔形容動詞〕＋な＋〔名詞〕／…的…

問題六　翻譯與題解

第6大題　請閱讀下方「從川越至東京所需時間與金額」，並回答下列問題。請從選項 1・2・3・4中，選出一個最適當的答案。

---

32 ヤンさんは、川越と いう 駅から 東京駅まで 電車で 行きます。行き 方を 調べたら、四つの 行き方が ありました。乗りかえの 回数が 少 なく、また かかる 時間も 短いのは、①～④の うちの どれですか。

（注）乗りかえ：電車やバスなどをおりて、ほかの 電車やバスなどに 乗ること。

1　①　　　　　　2　②　　　　　　3　③　　　　　　4　④

川越から　東京までの　時間と　お金

① かかる時間　54分　　かかるお金　570円

| 川越 | → | 乗りかえ | → | 乗りかえ | → | 東京 |

② かかる時間　54分　　かかるお金　640円

| 川越 | → | 乗りかえ | → | 東京 |

③ かかる時間　56分　　かかるお金　640円

| 川越 | → | 乗りかえ | → | 乗りかえ | → | 東京 |

④ かかる時間　1時間6分　かかるお金　3,320円

| 川越 | → | 乗りかえ | → | 東京 |

[翻譯]

[32] 楊小姐要從一個叫川越的車站搭電車前往東京車站。查詢乘車方式之後,發現有四種方法可以抵達。請問轉乘次數最少,而且所需時間最短的是①～④之中的哪一種呢?

（注）轉乘:下了電車或巴士以後,再搭上其他電車或巴士。

1　①　　　　　2　②　　　　　3　③　　　　　4　④

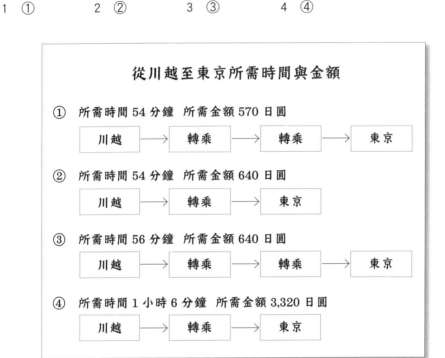

從川越至東京所需時間與金額

① 所需時間 54 分鐘　所需金額 570 日圓

| 川越 | → | 轉乘 | → | 轉乘 | → | 東京 |

② 所需時間 54 分鐘　所需金額 640 日圓

| 川越 | → | 轉乘 | → | 東京 |

③ 所需時間 56 分鐘　所需金額 640 日圓

| 川越 | → | 轉乘 | → | 轉乘 | → | 東京 |

④ 所需時間 1 小時 6 分鐘　所需金額 3,320 日圓

| 川越 | → | 轉乘 | → | 東京 |

[題解攻略]

答えは 2。かかる時間が短いのは①と②（54分）。①と②で、乗りかえの回数が少ないのは②。

正確答案是 2。所需時間較短的是①和②（54 分鐘）,而①和②之中,轉乘次數較少的是②。

答案:2

⋙ 單字的意思

□ 時間（じかん）／時間；工夫；點鐘

□ お金（かね）／錢，貨幣

□ 駅（えき）／車站

□ 電車（でんしゃ）／電車

□ 方（かた）／方法，手段；人，位

□ 調（しら）べる／調查；檢查；審問；搜查

□ ある／（無生命物或植物）有，在；是

□ 少（すく）ない／不多的，少的

□ かかる／花費；需要，必要；垂掛

□ 短（みじか）い／短少的，簡短的；小；矮

□ バス【bus】／公車

□ ほか／其他，以外，另外；
　　其他的；別處

□ 乗（の）る／搭乘，乘坐，騎；登上

□ こと／使前面的短句名詞化

⋙ 文法的意思

□ から、…まで／從…到…

□ という／叫做…

主題單字

■ 食物

- コーヒー／咖啡
- 水（みず）／水
- パン／麵包
- 牛乳（ぎゅうにゅう）／牛奶
- 牛肉（ぎゅうにく）／牛肉
- 野菜（やさい）／蔬菜，青菜
- お酒（さけ）／酒；清酒
- 豚肉（ぶたにく）／豬肉
- 卵（たまご）／蛋
- 肉（にく）／肉
- お茶（ちゃ）／茶；茶道
- 果物（くだもの）／水果，鮮果
- 鳥肉（とりにく）／雞肉；鳥肉

■ 數字

- 一つ（ひと）／一個；一歲
- 五つ（いつ）／五個；五歲
- 九つ（ここの）／九個；九歲
- 二つ（ふた）／兩個；兩歲
- 六つ（むっ）／六個；六歲
- 十（とお）／十個；十歲
- 三つ（みっ）／三個；三歲
- 七つ（なな）／七個；七歲
- 幾つ（いく）／幾個；幾歲
- 四つ（よっ）／四個；四歲
- 八つ（やっ）／八個；八歲
- 二十歲（はたち）／二十歲

單字比一比

■ うる vs. かう

- **うる【売る】**／他五 賣，販賣

  【說明】把東西、權利及創意等收錢以後交給對方。相反詞是「買う」。

  【例句】デパートで、かわいい　スカートを売って　いました。／我曾在百貨公司裡販賣可愛的裙子。

- **かう【買う】**／他五 買，購買

  【說明】支付金錢，把物品或權利變成自己的。相反詞是「売る」（賣）。

  【例句】車（くるま）が　古（ふる）く　なったので　新（あたら）しいのを買（か）った。／由於車子已經舊了，所以買了一輛新的。

◎ 哪裡不一樣呢？

- **売る**：指賣。
- **買う**：指買。

■ よむ vs. かく

- **よむ【読む】**／他五 閱讀，看；唸，朗讀

  【說明】看文章、繪畫、圖表、符號等理解其意義；又指看著文字發出聲音。

  【例句】考（かんが）えが　青（あお）いよ。いろんな　本（ほん）を　読（よ）んで　勉強（べんきょう）しなさい。／你的想法太幼稚了！應當廣泛涉獵各種領域的書籍。

- **かく【書く】**／他五 寫，書寫；寫作（文章等）

  【說明】使用鉛筆或原子筆等，記文字、記號或線條，使之看得見；又指作文章或創作作品。

  【例句】ここには　何（なに）も　書（か）かないで　ください。／這一處請不要書寫任何文字。

◎ 哪裡不一樣呢？

- **読む**：看文章。
- **書く**：寫文字。

■ きる vs. つく

• きる【着る】／他上一（穿）衣服

説明　為了禦寒或讓自己好看，而穿在身上。一般指手通過袖子，上半身或全身穿上之意。

例句　スーツを 着て、出かけます。／穿上套裝出門。

• つく【着く】／自五 到，到達，抵達，寄到；入席，入坐

説明　移動位置，到達某一場所、地點；人佔據某位子。

例句　あなたは 昨日 何時に 家に 着きましたか。／你昨天幾點到家的？

◎ 哪裡不一樣呢？
- 着る：穿衣服。
- 着く：到達某場所。

■ ならぶ vs. ならべる

• ならぶ【並ぶ】／自五 並排，並列，列隊

説明　某物和其他物處於橫向相鄰的位置。又指 A 後是 B，B 後是 C，排成行列。

例句　駅の 前には、小さな 店が 並んでいる。／車站前有成排的小店。

• ならべる【並べる】／他下一 並排，並列；排列

説明　使某物和其他物處於橫向相鄰的位置；還有，排成行列的意思。

例句　玄関に 靴を 並べました。／把鞋子擺在玄關了。

◎ 哪裡不一樣呢？
- 並ぶ：自動詞。某物和其他物處於橫向相鄰的位置。
- 並べる：他動詞。使某物和其他物處於橫向相鄰的位置。

■ おく vs. とる

• おく【置く】／他五 放，置，擱

説明　基於某一目的，把東西放在某處。

例句　そこに、荷物を 置いて ください。／請把行李放在那邊。

• とる【取る】／他五 拿取，執，握；採取，摘

説明　手的動作，用手拿著東西。為了某種目的，用手去拿過來；也指摘取蔬菜，水果，採集貝殼等動作。

例句　「しょう油を 取って ください。」「はい、どうぞ。」／「請把醬油遞給我。」「在這裡，請用。」

◎ 哪裡不一樣呢？
- 置く：物品離開自己。
- 取る：物品靠近自己。

■ かぶる vs. はく

• かぶる【被る】／他五 戴（帽子等），（從頭上）蒙，（從頭上）套，穿

説明　拿薄又寬的東西，往頭或臉上放上覆蓋物。

例句　どうして 帽子を 被るのですか？／為什麼要戴帽子呢？

• はく【履く・穿く】／他五 穿（鞋，襪，褲子等）

説明　穿。保護腳的鞋子、襪子等用「履く」，穿在下半身的褲子和裙子等用「穿く」。

例句　どんな 靴を 履きますか？／穿什麼樣的鞋子呢？

◎ 哪裡不一樣呢？
- 被る：穿在頭部以上。
- 履く・穿く：穿在頭部以下。

問題四　翻譯與題解

第4大題　請閱讀下列（1）～（3）的文章，並回答問題。請從選項1・2・3・4中，選出一個最適當的答案。

（1）

　　わたしには、姉が　一人　います。姉も　わたしも　ふとって　いますが、姉は背が　高くて、わたしは　低いです。わたしたちは　同じ　大学で、姉は　英語を、わたしは　日本語を　べんきょうして　います。

27　まちがって　いるのは　どれですか。
1　二人とも　ふとって　います。
2　同じ　大学に　行って　います。
3　姉は　大学で　日本語を　べんきょうして　います。
4　姉は　背が　高いですが、わたしは　低いです。

[翻譯]

　　我有一個姊姊。姊姊和我都很胖，但是姊姊長得高，我長得矮。我們在同一所大學裡就讀，姊姊主修英文，我主修日文。

[27] 請問以下何者為非？

1　兩人都胖。

2　上同一所大學。

3　姊姊在大學裡主修日文。

4　姊姊長得高，但我長得矮。

答えは 3。「姉は英語を、わたしは日本語を」とある。

正確答案是 3。應該選「姉は英語を、わたしは日本語を（姐姐會英語，我會日語）」。

答案：3

⋙單字的意思

□ 姉／姉姉，嫂子

□ いる／（有生命物或動物）有，在

□ 太る／肥胖

□ 低い／矮的；低的；小的

□ 英語／英語，英文

□ 日本語／日語，日文

□ 勉強／讀書，學習

□ 二人／兩人，兩個人，一對

⋙文法的意思

□ も／…都…

□ が／但是

（2）

　5さいの　ゆうくんと　お母さんは、スーパーに　買い物に　行きました。しかし
お母さんが　買い物を　して　いる　ときに、ゆうくんが　いなく　なりました。ゆう
くんは　みじかい　ズボンを　はいて、ポケットが　ついた　白い　シャツを　きて、
ぼうしを　かぶって　います。

28　ゆうくんは、どれですか。

[翻譯]

　　五歲的小祐和媽媽一起去超級市場買東西了。但是在媽媽買東西的時候，小祐
走丟了。小祐穿著短褲、有口袋的白色襯衫，還戴著帽子。

[28] 請問哪一位是小祐呢？

[題解攻略]

答えは 4。「短いズボンをはいて」いるのは 3 と 4。「ポケットがついたシャツ」は 1 と 4 だが、「ポケットがついた白いシャツ」は 4。「ぼうしをかぶって」いるのは 2 と 4。

※「○○くん」という呼び方は、男の子。

「○○ちゃん」は、男の子、女の子どちらにも使う。

正確答案是 4。「短いズボンをはいて（穿短褲）」的是選項 3 和選項 4。雖然「ポケットがついたシャツ（有口袋的襯衫）」是選項 1 和選項 4，但是「ポケットがついた白いシャツ（有口袋的白襯衫）」只有選項 4。至於「ぼうしをかぶって（戴帽子）」的，則是選項 2 和選項 4。

※「○○くん（○○君）」的稱呼是指男孩。

「○○ちゃん（○○小弟弟或小妹妹）」可以用來稱呼男孩或女孩。

答案：4

Part
3

1

2

3

4

5

6

問題 4 ▼ 翻譯與題解

➤➤ 單字的意思

□ 買い物／購物；要買的東西；買到的東西

□ ズボン【jupon】／褲子

□ はく／穿（褲、裙、鞋、襪等）

□ ポケット【pocket】／口袋

□ シャツ【shirt】／襯衫

□ 着る／穿（衣服）

□ 帽子／帽子

□ かぶる／戴，蓋

➤➤ 文法的意思

□ 〔動詞〕＋て／表示並列幾個動作或狀態

□ とき／時候 ；時間；情況，時候

(3)

大学で 英語を べんきょうして いる お姉さんに、妹の 真矢さんから 次の メールが 来ました。

お姉さん

　わたしの 友だちの 花田さんが、弟に 英語を 教える 人を さがして います。お姉さんが 教えて くださいませんか。
　花田さんが まって いますので、今日中に 花田さんに 電話を して ください。

真矢

---

29 お姉さんは、花田さんの 弟に 英語を 教えるつもりです。どうしますか。

1 花田さんに メールを します。
2 妹の 真矢さんに 電話を します。
3 花田さんに 電話を します。
4 花田さんの 弟に 電話を します。

[翻譯]

姊姊在大學裡主修英文，妹妹真矢小姐寄了一封如下的電子郵件給她。

姊姊

　我朋友花田同學正在找人教她弟弟英文。姊姊可以教他嗎？
　花田同學正在等候聯絡，請在今天之內打電話給花田同學。

真矢

---

[29] 姊姊有意願教花田同學的弟弟英文。請問她該怎麼做呢？

1 寄電子郵件給花田同學。

2 打電話給妹妹真矢。

3 打電話給花田同學。

4 打電話給花田同學的弟弟。

[題解攻略]

答えは 3。「今日中に花田さんに電話をしてください」とある。「弟に英語を教える人」をさがしているのは「花田さん」。

正確答案是 3。因為是「今日中に花田さんに電話をしてください（請在今天之內打電話給花田小姐）」，而在找「弟に英語を教える人（能教弟弟英文的人）」的是「花田さん（花田小姐）」。

答案：3

>> 單字的意思

□ 大学／大學

□ お姉さん／姊姊

□ 次／下一個；下次，下回；接著；其次

□ メール【mail】／電子郵件，短信

□ 弟／弟弟

□ 教える／教導；指點，指教；教訓

□ 探す／尋找，查找；搜尋

□ 待つ／等待；伺機；期待；延期

□ つもり／打算，企圖

>> 文法的意思

□ てくださいませんか／您能不能…

問題五　翻譯與題解

第 5 大題　請閱讀下列文章，並回答問題。請從選項 1・2・3・4 中，選出一個最適當的答案。

● -

　　わたしの　友だちの　アリさんは　3月に　東京の　大学を　出て、大阪の　会社に　つとめます。

　　アリさんは、3年前　わたしが　日本に　来た　とき、いろいろと　教えて　くれた　友だちで、今まで　同じ　アパートに　住んで　いました。アリさんが　もう　すぐ　いなく　なるので、わたしは　とても　さびしいです。

　　アリさんが、「大阪は　あまり　知らないので、困って　います。」と　言って　いたので、わたしは　近くの　本屋さんで　大阪の　地図を　買って、それを　アリさんに　プレゼントしました。

[翻譯]

　　我的朋友亞里小姐三月從東京的大學畢業，到大阪的公司工作。

　　亞里小姐這位朋友在我三年前剛來日本的時候，教了我很多事情，我們一直住在同一棟公寓裡。亞里小姐很快就要離開了，我非常捨不得。

　　由於亞里小姐說過「我對大阪不太熟悉，所以正煩惱著。」因此我到附近的書店買了大阪的地圖，送給了亞里小姐。

● -

30　友だちは　どんな　人ですか。

　1　大阪の　同じ　会社に　つとめて　いた　人
　2　同じ　大学で　いっしょに　べんきょうした　人
　3　日本の　ことを　教えて　くれた　人
　4　東京の　本屋さんに　つとめて　いる　人

[翻譯]

[30] 請問這位朋友和「我」有什麼樣關係呢？

1　在大阪的同一家公司工作的人

2　在同一所大學裡一起念書的人

3　教了我關於日本事情的人

4　在東京的書店裡工作的人

[題解攻略]

答えは 3。「わたしが日本に来たとき、いろいろと教えてくれた友だちで」とある。

《他の選択肢》

1 アリさんは、これから東京の大学を卒業して、その後大阪の会社につとめる、と言っている。

2「今まで同じアパートに住んでいました」たとあるが、同じ大学とは書いていない。

4「（わたしは）本屋さんで、大阪の地図を買って」とあり、アリさんと本屋さんは関係ない。

正確答案是3。應該選「わたしが日本に来たとき、いろいろと教えてくれた友だちで（我來到日本的時候，教導我各種事情的朋友）」。

《其他選項》

選項1，阿里先生說他從東京的大學畢業之後，要到大阪的公司工作。

選項2，雖然提到「今まで同じアパートに住んでいました（一直住在同一棟公寓裡）」，但是沒寫是在同一所大學就讀。

選項4，題目寫到「（わたしは）本屋さんで、大阪の地図を買って（〈我〉在書店購買大阪的地圖）」，但是阿里先生和書店彼此之間並沒有什麼關聯。

答案：**3**

31 「わたし」は　アリさんに、何を　プレゼントしましたか。

1　本を　プレゼントしました。
2　大阪の　地図を　プレゼントしました。
3　日本の　地図を　プレゼントしました。
4　東京の　地図を　プレゼントしました。

[翻譯]

[31]「我」送了什麼東西給亞里小姐呢？

1　送了書。

2　送了大阪的地圖。

3　送了日本的地圖。

4　送了東京的地圖。

[題解攻略]

答えは 2。「大阪の地図を買っ
て、それを…」とある。

　正確答案是 2。應該選「大阪的地
を買って、それを…（購買大阪的地
圖，按照地圖…）」。

答案：**2**

▶▶ 單字的意思

□ 文章（ぶんしょう）／文章；散文

□ 答え（こた）／答案，解答；回答，答覆

□ 三（さん）／三；三個；第三

□ 東京（とうきょう）／東京

□ 出る（で）／離開；出去；出發；畢業

□ 大阪（おおさか）／大阪

□ 勤める（つと）／工作，任職

□ 年（ねん）／年；年度，年次

□ 日本（にほん）／日本

□ いろいろ／各式各樣，形形色色

□ 住む（す）／居住；棲息

□ もうすぐ／馬上，將要

□ 寂しい（さび）／寂寞，孤單，無聊；冷清；空虛

□ 知る（し）／知道；懂得，理解；認識；記得

□ 困る（こま）／苦惱，煩惱；困苦；難以處理

□ 言う（い）／説，講；稱作

□ 本屋（ほんや）／書店

□ 地図（ちず）／地圖

□ それ／那個；那件事

□ どんな／怎麼樣的，哪樣的，什麼樣的；任何的

□ 人（ひと）／人；世人；他人

□ 同じ（おな）／相同，一樣

□ 本（ほん）／書；書本，書籍

▶▶ 文法的意思

□ の／…的…

□ 動詞（現在肯定／否定）／表示人或事物的存在、動作、行為和作用

□ が／表示動作的主語

□ 動詞（過去肯定／否定）／表示人或事物過去的存在、動作、行為和作用

□ あまり＋〔否定〕／（不）太…

問題六　翻譯與題解

第 6 大題　請閱讀右頁，並回答下列問題。請從選項 1・2・3・4 中，選出一個最適當的答案。

- -

32 新聞販売店（注1）から　中山さんの　へやに　古紙回収（注2）の　お知らせが　きました。中山さんは、31 日の　朝、新聞紙を　回収に　出すつもりです。中山さんの　へやは、アパートの　2階です。

（注 1）新聞販売店：新聞を売ったり、家にとどけたりする店。

（注 2）古紙回収：古い新聞紙を集めること。トイレットペーパーとかえたりしてくれる。

1　自分の　へやの　前の　ろうかに　出す。
2　1階の　入り口に　出す。
3　1階の　階段の　下に　出す。
4　自分の　へやの　ドアの　中に　出す。

毎朝新聞　古紙回収の　お知らせ

31 日　朝　9時までに
出して　ください。

トイレットペーパーと　かえます。

（古い　新聞紙　10〜15 kg で、トイレットペーパー　1個。）

● この　お知らせに　へや番号を　書いて、新聞紙の　上に　のせて　出して　ください。

● アパートなどに　すんで　いる　人は、1階の　入り口まで　出して　ください。

【へや番号】

《每朝報》舊報紙回收通知
請於三十一日早上九點之前
拿出來回收。

可換回廁用衛生紙。
（舊報紙每十至十五公斤，交換廁用衛生紙一捲。）

● 請於本通知單上填寫房間號碼，再放在舊報紙的最上面。
● 公寓住戶，請擺到一樓的大門處。

【房間號碼】_____

[32] 派報社投遞了一張舊報紙回收通知單到中山小姐的房間。中山小姐打算在三十一日的早晨把舊報紙拿出去回收。中山小姐的房間位於公寓的二樓。請問正確的回收方式是下列何者？

（注1）派報社：販賣報紙或是分送報紙到家戶的商店。

（注2）舊報紙回收：收集舊報紙。可以拿舊報紙換回廁用衛生紙等。

1　擺到自己房門前的走廊上。

2　擺到一樓的大門口。

3　擺到一樓樓梯下面。

4　擺到自己房門裡面。

[題解攻略]

答えは2。「お知らせ」に、「アパートなどに住んでいる人は、1階の入り口まで出してください」とある。問題文に、「中山さんのへやは、アパートの2階です」とあるので、2の1階の入り口に出すが○。

正確答案是2。「お知らせ（告示）」上寫的是「アパートなどに住んでいる人は、1階の入り口まで出してください（住在公寓裡的住民，請到一樓的大門）」。題目提到「中山さんのへやは、アパートの2階です（中山小姐的房間位於公寓二樓）」，所以正確答案是2的到一樓的大門。

答案：2

▶▶ 單字的意思

□ 新聞紙／報紙

□ 階・階／樓，層

□ 正しい／正確，對；合理；正當

□ トイレットペーパー【toilet paper】／廁所衛生紙

□ 換える／換，交換；變換

□ 自分／自己，自身，我

□ 廊下／走廊

□ 階段／樓梯，階梯

□ ドア【door】／門

□ キログラム【kilogramme】／公斤

□ 個／個；個體，個人

□ 書く／書寫，畫

□ 載せる／放；拖；記載；刊登

□ など／等（表示概括，列舉）

▶▶ 文法的意思

□ 〔對象〕＋と／…和…

□ てください／請…

主題單字

■ 身體部位

- 頭（あたま）／頭；頂
- 口（くち）／口，嘴巴
- 足（あし）／腿；腳
- 顔（かお）／臉；顏面
- 歯（は）／牙齒
- 体（からだ）／身體；體格
- 耳（みみ）／耳朵
- 手（て）／手掌；胳膊
- 背（せい）／身高，身材
- 目（め）／眼睛；眼珠
- お腹（なか）／肚子；腸胃
- 声（こえ）／聲音，語音
- 鼻（はな）／鼻子

■ 衣服

- 背広（せびろ）／西裝（男）
- シャツ／襯衫
- ボタン／鈕釦；按鍵
- ワイシャツ／襯衫
- コート／外套；西裝上衣
- セーター／毛衣
- ポケット／口袋，衣袋
- 洋服（ようふく）／西服，西裝
- スカート／裙子
- 服（ふく）／衣服
- ズボン／西裝褲；褲子
- 物（もの）／物品，東西
- 上着（うわぎ）／上衣，外衣

單字比一比

■ たかい vs. おおきい

- たかい【高（たか）い】／形（程度，數量，價錢）高，貴；（身材，事物等）高，高的
  - 說明 表示程度，數量，價錢，比起其他事物都要高，需要的更多；也指在基準面的上面，離地面的距離大。
  - 例句 こんなに 高（たか）い 本（ほん）は、だれも 買（か）わないでしょう。／這麼貴的書，誰也不會買吧。

- おおきい【大（おお）きい】／形（體積，身高，程度，範圍等）大，巨大；（數量）大，廣大
  - 說明 物體的面積或體積，或者事物的規模、範圍，在其他之上。又指數量在別的之上。
  - 例句 旅行（りょこう）の かばんは ありますか。大（おお）きくて 軽（かる）いのが ほしいのですが。／這裡有賣旅行包嗎？我想要一只容量大且重量輕的。

◎ 哪裡不一樣呢？
- 高（たか）い：指物體從上到下距離大或價格高。
- 大（おお）きい：指物體的面積、體積大或數量大。

■ ひくい vs. やすい

- ひくい【低（ひく）い】／形 低，矮；卑微，低賤
  - 說明 低於某一標準面。也指從最下面到最上面的距離短；還表示等級或價值在其他事物之下。
  - 例句 明日（あした）の 気温（きおん）は、低（ひく）いでしょう。／明天的氣溫應該很低吧。

- やすい【安（やす）い】／形 便宜，（價錢）低廉
  - 說明 只花一點錢就能買到，價錢相對不高的樣子。
  - 例句 この 店（みせ）の ラーメンは 安（やす）いです。そして、おいしいです。／這家店的拉麵很便宜，而且又好吃。

◎ 哪裡不一樣呢？
- 低（ひく）い：指距離短；價值低。
- 安（やす）い：指價格低。

■ あおい vs. みどり

- **あおい【青い】** ／形 藍的，綠的，青的；不成熟的

  說明 表示色彩最基本的形容詞之一。表示綠或藍的色彩；或比喻人格或技能的發展還沒有到成熟的程度。

  例句 青い 海が 広がって います。／一望無際的湛藍大海。

- **みどり【緑】** ／名 綠色

  說明 草木葉子的顏色。介於黃色和藍色之間。原意是樹的嫩芽。

  例句 緑が いっぱいの 春が 好きです。／我喜歡綠意盎然的春天。

◎ 哪裡不一樣呢？
  - 青い：藍色的；不成熟的。形容詞。
  - 緑：綠色。名詞。

■ むずかしい vs. こまる

- **むずかしい【難しい】** ／形 難；困難，難辦；麻煩，複雜

  說明 困難、難懂的樣子；表示要解決或實現某一事情，需要許多能力或勞力，或是即使付出勞力和能力也難以實現；繁瑣、麻煩的樣子。

  例句 この 問題は、私にも 難しいです。／這個問題對我來說也很難。

- **こまる【困る】** ／自五 沒有辦法，感到傷腦筋，困擾；困難，窮困

  說明 不知道該怎麼辦才好，希望有人能伸出援手；又指沒有錢或物品，遇到難以解決的事情而苦惱，希望有人能幫助。

  例句 お金が なくて、困りました。／沒有錢，不知道該怎麼辦才好。

◎ 哪裡不一樣呢？
  - 難しい：事情困難，很難實現的樣子。
  - 困る：遇到困擾的事物，希望有人能伸出援手。

■ ちかい vs. みじかい

- **ちかい【近い】** ／形 （距離）近，接近，靠近；（時間）快，將近

  說明 地方、人或東西的空間距離小的樣子；又指時間的間隔小的樣子。

  例句 山に 近い ところに 住みたいですね。／我好想住在山邊喔。

- **みじかい【短い】** ／形 （時間）短少；（距離，長度等）短，近

  說明 指從開始到結束經過的時間少的樣子；又從一端到另一端的距離短的樣子。

  例句 なぜ 女の人は 短い スカートが 好きですか。／為什麼女人喜歡穿短裙呢？

◎ 哪裡不一樣呢？
  - 近い：事物空間的距離近；時間的間隔小。
  - 短い：起點到終點的距離短；開始到結束時間少。

■ ふるい vs. わるい

- **ふるい【古い】** ／形 以往，古老；過時，落後；不新鮮

  說明 客觀地表示經過長久的年月；或表示與過去相同，感覺不到變化；不符合時下潮流。

  例句 この 家は、とても 古いです。／這棟房子的屋齡很老了。

- **わるい【悪い】** ／形 不好，壞的；不好，差，壞；不好

  說明 從道德上看不好、惡劣；機遇等不好；質量、能力等不好。各種各樣不好的狀態。

  例句 悪い 映画は 子どもに 見せません。／不讓孩子看不良的電影。

◎ 哪裡不一樣呢？
  - 古い：客觀地表示經歷年月，老舊的狀態。
  - 悪い：主觀地表示惡劣、能力等不好的樣子。

MEMO

合格班日檢閱讀N5
逐步解說＆攻略問題集（18K）

【日檢合格班1】

■ 發行人／**林德勝**

■ 著者／**山田社日檢題庫組・吉松由美・田中陽子・西村惠子**

■ 設計・創意主編／**吳欣樺**

■ 出版發行／**山田社文化事業有限公司**
臺北市大安區安和路一段112巷17號7樓
電話　02-2755-7622
傳真　02-2700-1887

■ 郵政劃撥／**19867160號　大原文化事業有限公司**

■ 總經銷／**聯合發行股份有限公司**
新北市新店區寶橋路235巷6弄6號2樓
電話　02-2917-8022
傳真　02-2915-6275

■ 印刷／**上鎰數位科技印刷有限公司**

■ 法律顧問／**林長振法律事務所　林長振律師**

■ 定價／**新台幣299元**

■ 初版／**2017年2月**

© ISBN : 978-986-246-423-6
2017, Shan Tian She Culture Co. , Ltd.